KB114917

시크릿
메즈

시크릿 메즈 ㄱ

가프 장편 소설

초판 1쇄 찍은 날 § 2017년 1월 5일
초판 1쇄 펴낸 날 § 2017년 1월 12일

지은이 § 가프
펴낸이 § 서경석

편집책임 § 김슬기

펴낸곳 § 도서출판 청어람
등록번호 § 제387-1999-000006호
등록일자 § 1999. 5. 31
어람번호 § 제1-2601호

주소 § 경기도 부천시 부일로 483번길 40 서경B/D 3F (우) 14640
전화 § 032-656-4452   팩스 § 032-656-4453
http://www.chungeoram.com
E-mail § chungeorambook@daum.net

ISBN 979-11-04-91131-6 04810
ISBN 979-11-04-90929-0 (세트)

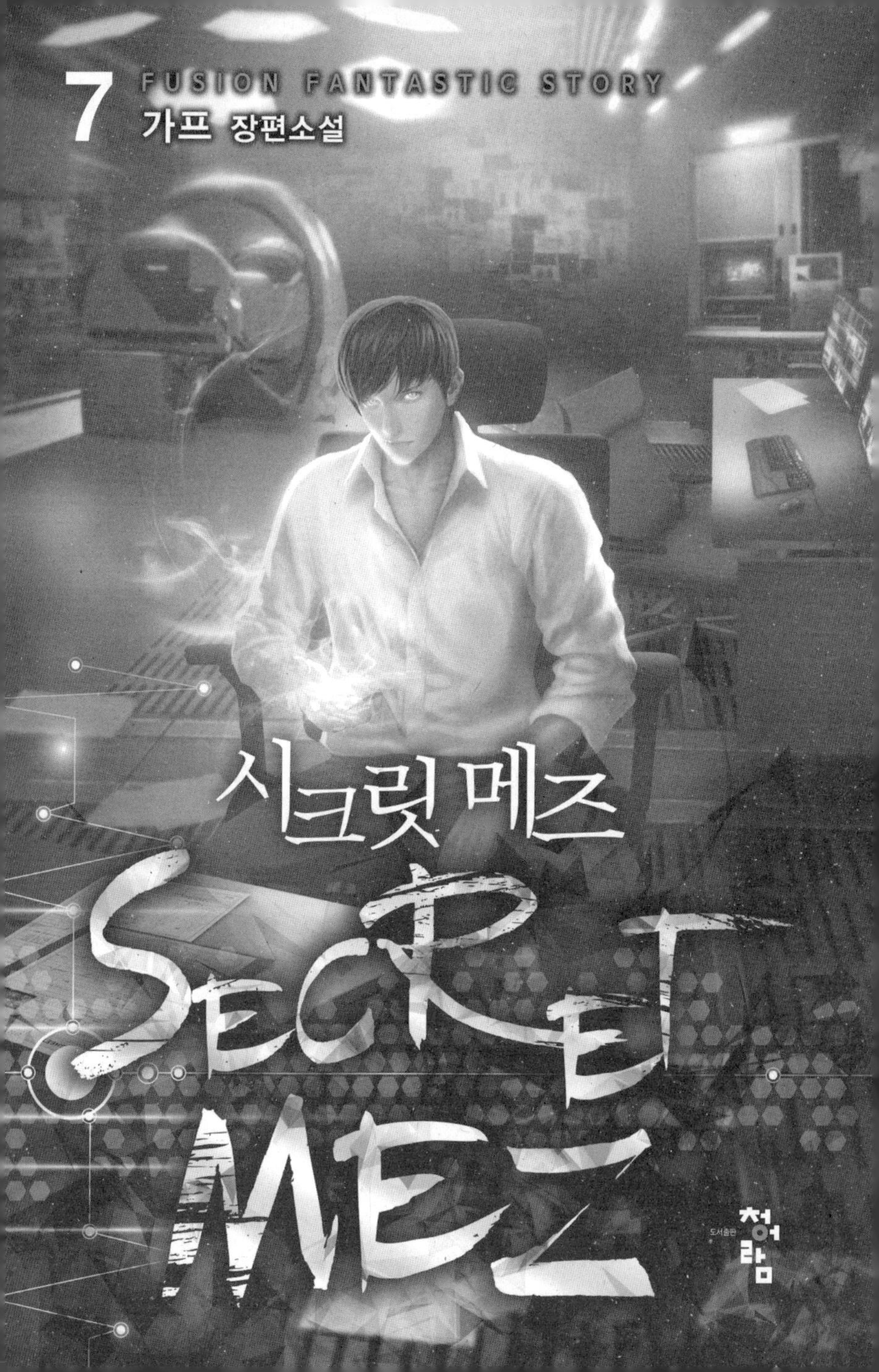
7
FUSION FANTASTIC STORY
가프 장편소설
시크릿 메즈
SECRET MEZ
도서출판 청어람

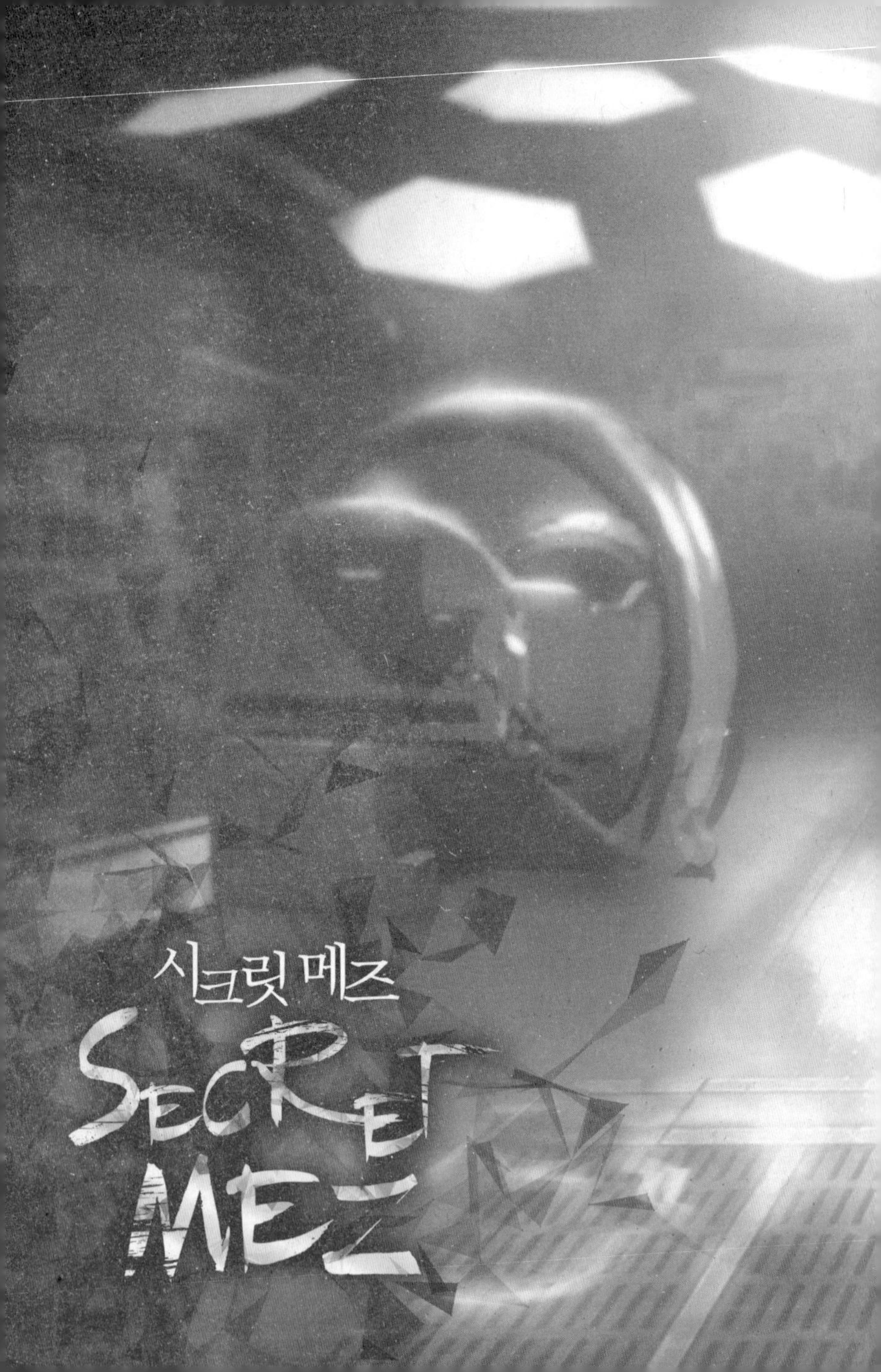
시크릿 메즈
SECRET
MEZ

CONTENTS

제1장
아우디 스포츠카

"건배!"

아인의 흰 손이 잔을 들었다. 강토의 새 오피스텔이었다. 덕규와 함께 생활하기에는 정말 과분한 공간이었다. 정리 정돈까지 완벽했다. 강토가 중국에 있는 사이에 세경이 수고를 더한 것이다.

아인이 따라온 것 역시 새집 때문이었다. 취재가 끝난 후에 문수가 새집을 보고했다. 간단하게 맥주 파티라도 준비하겠다는 말을 아인이 들은 것이다. 그녀는 뉴스가 끝난 후에 합류했다. 그녀 말에 의하면 덕규보다 더 빠르게 달려왔다고 했다.

거기에 두 사람이 더 추가되었다. 마고 아줌마와 강토 아버지였다.

"아, 딱 하나가 아쉽네."

맥주를 마신 세경이 입맛을 다셨다.

"뭐? 선물 안 사왔다고?"

덕규가 물었다.

"뭐 그것도 그렇지만……."

"그럼 뭔데?"

"여자. 이 새집에 같이 사는 사람이 덕규 오빠라니 웬일이래?"

"뭐야?"

덕규가 눈알을 뒤집었다.

"덕규 오빠, 빨리 독립하세요. 우리 대표님 좀 품위 있게 사시게."

세경이 덕규에게 핀잔을 주었다.

"야, 내가 뭐 어때서? 대표님은 내가 있어야 품위가 산다고. 그리고 여자가 왜 없어? 여기……."

덕규가 아인을 가리켰다.

"나요?"

과일을 집던 아인이 덕규를 바라보았다.

"아님… 말고요……."

덕규가 시선을 내렸다. 아인의 반응에 찔끔한 것이다.

"뭐야? 이제 보니 다들 나하고 이 대표님 엮으려는 거예요?"

아인이 당차게 물었다.

"그냥 희망 사항······."

덕규의 목소리는 점점 더 기어들어 갔다.

"뭘 그래? 내가 보니까 둘이 딱 천생연분인데? 안 그래요? 이 사장님?"

마고 아줌마가 나서더니 강토 아버지를 바라보며 동의를 구했다.

"어머, 대표님하고 조 앵커님 사주라도 보셨어요?"

세경이 물었다.

"내 내공에 그런 거 꼭 봐야 알아? 얼굴만 보면 견적 나오지."

"관상으로요?"

"그래. 우리 이 대표 빈 곳에 조 아나운서를 딱 겹쳐봐. 완벽하잖아? 그러면 장땡이야!"

"어머, 그럼 나는요?"

세경이 얼굴을 디밀었다.

"너는 누구하고? 덕규하고 맞춰볼까?"

"됐어요. 차라리 혼자 살고 말지······."

세경이 입술을 내밀며 물러섰다.

"아, 누군 안 그래? 나도 무인별에 떨어져도 너하고는 연애

안 한다."

"뭐야? 누가 오빠하고 사귄대?"

"이하동문이거든!"

둘은 얼굴을 맞대고 으르렁거렸다. 지켜보던 사람들이 아하핫, 웃음을 터뜨렸다.

"이 대표!"

간단한 집들이가 끝나고 돌아갈 무렵, 마고 아줌마가 강토를 당겼다.

"왜요?"

"저 아나운서 말이야."

마고 아줌마가 대리 기사를 기다리는 아인을 턱으로 가리켰다.

"조 앵커요?"

"좋아해?"

게슴츠레한 눈으로 강토를 떠보는 마고 아줌마.

"좋아하면요? 앵커가 뭐 아무하고나 연애하는 사람인 줄 아세요?"

"왜 이래? 우리 이 대표가 아무나야?"

"너무 띄우지 마세요. 저 아직 별거 아니라고요."

"정신 차려. 이 대표 굉장한 사람이거든. 내가 사주 다시 봤더니 나라를 들었다 놨다할 사주야."

"아줌마!"

"아까한 말 농담 아니야. 저 아가씨랑 잘 어울리니까 누가 채가기 전에 확 땡기라고. 내가 아까 아버님한테도 동의를 구했어."

"진짜요?"

"응, 아버님도 좋아하시더라고."

"아, 진짜… 괜히 쓸데없는 짓을……."

"그리고 이거……."

아줌마는 봉투를 쑤셔 넣어주며 말을 이었다.

"조금 넣었어. 나도 요즘 잘나가는 거 알지?"

"이러시지 않아도 되는데……."

"사람 사는 게 다 정이잖아? 나, 간다. 사무실 종종 놀러갈게."

마고 아줌마가 택시에 올랐다. 아버지도 가고 덕규까지 자리를 피하자 어두운 도로에 강토와 아인만 남았다.

"그만 들어가세요!"

아인이 말했다.

"가시는 거 봐야죠. 어려운 걸음해 주셨는데……."

"어렵기는요. 가진 건 온몸에 에너지뿐이라서 빨빨거리고 다니는 거 좋아해요."

"네……."

"그런데 저한테 아무것도 없어요?"

"예?"

"중국에서 선물 안 사왔냐고요."

"아… 그게……."

"흐음, 매너 꽝이시네."

"다음에 외국 나가면 꼭……."

"난 다음 기약하는 사람 싫어요. 어느 날 갑자기 내일이 오지 않을 수도 있거든요."

"예?"

"새집에서 첫날이니 좋은 꿈 꾸세요."

"예……."

아인이 인도 쪽으로 시선을 돌렸다. 대리 기사가 오나 보려는 것이다. 갑자기 대리 기사가 오지 않았으면 하는 생각이 들었다. 그게 멋쩍어 혼자 웃어버리는 강토.

속 모르는 대리 기사는 일찍도 도착했다.

"갈게요."

그녀가 손을 내밀었다. 그 손을 잡았다. 손이 너무 부드러워 마음이 알큰해졌다. 창밖으로 손을 내민 아인이 조금씩 멀어졌다.

'조아인…….'

잠시 그녀 얼굴을 그려보는 강토. 그 애잔함은 덕규의 만행으로 깨지고 말았다. 아인이 사라지기 무섭게 다가와 울상을 지은 것이다.

"번호 키 비밀번호 잊어버려서 문이 안 열려……."

푸헐!

한 대 쥐어박고 싶은 걸 간신히 참았다.

꿈을 꾸었다.

아인이 나왔다. 비너스처럼 긴 머리를 휘날리는 나신이었다. 그녀의 손은 가슴과 국부를 가리고 있었다. 하나도 야하지 않았다. 오히려 성스러워 보였다. 너무 성스러워 범접을 못했다. 그녀가 강토를 당겼다. 그 나신으로 강토를 안아주었다. 가슴이 미친 듯이 뛰었다. 중심부에 달린 물건도 저절로 고개를 들었다.

그녀의 나신 안으로 들어갔다. 그녀는 오랜 연인처럼 정답게 몸을 맡겨주었다. 강토는 오랜만에 방출을 했다. 한 번도 아니고 두 번이었다.

그런데… 정액이 나오지 않았다.

'뭐야?'

당혹스러움과 낭패감이 교차할 때 그녀가 빛으로 산화되었다.

"……?"

상체를 벌떡 일으킨 강토, 주변을 둘러보고 또 놀랐다.

여기가 어디야?

그 생각 뒤로 '아차!'가 따라붙었다. 새집으로 이사를 왔지?
더 이상 벙커가 아니지? 바로 현실을 인식하고 자리에서 일어
났다.

드르릉 드릉!

반대편 침대에서 기차 달리는 소리가 들렸다. 덕규가 자유
분방하게 코를 골고 있었다. 가까이 다가가 담요를 덮어주었
다.

좋은 꿈이었다.

건강한 남자가 멋진 여자와 합치는 것보다 더 좋은 꿈이 어
디 있을까?

'내가 정말 그녀를 좋아하나?'

강토는 툭 터진 전망을 바라보며 가만히 웃었다.

이날, 세 개의 뉴스가 화제가 되었다. 하나는 강토였다. 강
토가 뇌파를 활성화시킨 장애인 외팔 투수. 방송국은 특파원
을 시안에 급파해 화면으로 불러들였다.

"자신감이 생겼어요!"

소년이 웃었다.

"머리와 온몸에요. 이 영광을 이강토 대표님께 돌려요."

소년은 특별상으로 받은 메달을 들어보였다. 후보에 불과했

던 소년. 역투로 승리를 이끌었다. 실점이 적은 편은 아니었지만 그건 문제가 되지 않았다. 포기하지 않는 불굴의 의지는 스포츠의 미덕. 그 정신을 높이 산 것이다.

감독이 나왔다. 소년의 어머니도 나왔다. 뜻밖의 배탈로 병원 신세를 졌던 에이스도 나왔다. 다들 소년을 자랑했다. 그 따뜻한 마음은 화면을 통해 온 국민을 감동시켰다.

〈삐 컨설팅 이강토!〉

국민들은 그 이름으로 작은 위로를 받았다.

이어진 뉴스에서 국회 소식이 나왔다. 3당 대표의 기자회견이었다. 새날당과 내일당 등은 작금의 정치권 불신 사태에 대해 심각한 우려를 표명한다는 내용을 발표했다. 그들 뒤에 병풍처럼 둘러선 국회의원들이 볼 만했다. 은재구도 있고 서철상도 있고, 심지어는 노선을 달리하는 석귀동도 있었다. 야당의 중진들도 포진했다.

—우리가 이 나라의 지도자들이야!

—더 이상 국회를 흔들지 마!

깝치지 마라.

그들은 그렇게 말하고 있었다. 그들의 저의… 보지 않아도 알 것 같았다. 정치색이 없는 단체들까지 나서서 권력층과 사회 지도층 비리 검증을 지지하자 은재구가 물밑 주동이 되어 맞불을 놓은 것이다.

하지만 김이 왕창 새버렸다.

사실 정치인들은 잘 모른다. 국민들이 그들에게 얼마나 염증을 느끼고 있는지. 다들 자기 착각에 사로잡혀 그 자신만은 존경받는다고 생각하는 것.

물론 존경받는 국회의원도 있다. 진심으로 국가를 위하고 국민을 위해 노심초사하는 국회의원. 300여 인물들 중에 어찌 그런 사람이 없으랴.

문제는 그런 사람들조차도 종종, 밀실 토론과 계파주의, 나아가 동업자 정신으로 한통속이 된다는 점이었다.

바로!

지금처럼!

자신의 권리가 침해받는다고 생각하면 국민이 아니라, 국가가 아니라, 자신들의 이익을 최우선하는 것. 국민이 쓴말을 하면 불손하다고 생각하는 것. 온갖 사회악에 대해서는 목청을 높이면서도 그들 자신의 비리와 부패에 대해서는 침묵하거나 서로 가려주는 것.

—나는 로맨티스트!

—너희는 불륜!

이제는 너무나 식상하고 진부한 그 말이 그들에게는 진리였다.

그런 위대(?)한 분들이 떼거지로 뭉쳐 자신들의 덕망과 지지도를 내세워 타개해 보려던 정국. 그러나 강토의 따뜻한 뉴스가 앞섬으로써 자연스럽게 '이기주의'의 재탕으로 추락하고 말았다.

기업의 노동자들이 불이익 방지 등을 주장을 발표하면 '귀족 노조의 세습' 운운하며 질타하던 국회의원들. 지금 자신들이 무슨 일을 벌이고 있는지 모르는 모양이었다.

채널이 돌아갔다.

욕설이 나왔다.

여야 가릴 것 엇이 홈페이지에 원성이 넘쳐났다.

—윗물 청소 좀 하자는 게 뭐가 문제냐?

—구린 구석이 많은가 보네?

—비리 검증 싫으면 최소한 거짓말 탐지기라도 테스트해 보자.

역풍!

방송국의 교묘한 뉴스 배치로 인해 정치권은 거센 역풍을 맞았다. 그 중심에는 채 국장과 송재오, 그리고 조아인이 있었다. 원래는 3당 대표들의 기자회견이 헤드 뉴스로 나가는 게 정석. 그걸 조아인이 틀었다.

"밝은 뉴스부터 전하는 게?"

점점 우중충해져가는 사회. 현재 국가의 분위기로 봐도 그게 옳았다. 언제까지나 정치가 국민의 위에 있을 것인가? 일부 스태프의 반대도 있었지만 채 국장이 조 앵커 손을 들어주었다. 그 한 수가 강토를 올리고 은재구를 내린 것이다.

이어진 뉴스 또한 은재구에게는 비보였다. 청와대 측에서 전격 대풍 쏠라의 매각을 발표한 것이다. 세계적 글로벌 기업 '더 월드'의 계열금융사가 주관사가 되어 41억불에 매각 협상을 마쳤다는 소식이었다.

—비교적 좋은 조건의 매각!

몇몇 전문가들의 논평이 뒤따랐다. 도노반의 측근과 대풍 쏠라의 회장이 양해 각서를 나누는 장면도 나왔다. 근로자 구조조정 없이 향후 2년 간 임금 5%를 삭감한다는 구체안이 나왔다. 재계와 노동계에서도 비교적 원만한 매각이라는 평을 내놓았다.

'은재구 똥 됐네.'

강토가 웃었다.

하지만 그 웃음은 바로 끊겨 나갔다. 느닷없이 사무실로 밀어닥친 공무원들 때문이었다.

"대한 세무서에서 나왔습니다. 여기 회계 담당자가 누굽니까?"

네 명의 공무원들은 기세등등했다. 그들이 들이댄 의혹은 세금 포탈이었다. 덕규의 눈이 휘둥그레졌다. 세경이 역시 자리에서 일어나 파르르 떨었다. 강토는 문수를 향해 시선을 돌렸다. 천하의 문수. 하지만 그 역시 만능은 아닌 사람……

'누군가 찔렀다.'

강토의 뇌리에 여러 사람들이 스쳐갔다. 분명 권력층의 소행일 일이었다.

"제가 맡고 있습니다만."

문수가 그들을 상대했다.

"회계 파일하고 장부, 사업자 계좌… 다 내놓으세요. 이 컨설팅 설립부터 어제까지."

팀장으로 보이는 공무원이 문수를 닦아세웠다. 문수와 세경이 장부와 파일을 열어주었다. 이어 문수가 전화기를 잡았다.

"잠깐 와주셔야겠습니다."

통화는 한마디로 끝났다. 누굴 부른 걸까?

의아함도 잠시 20여 분이 지나면서 30대의 남자 둘이 들어섰다.

"세무조사 나오셨다고요?"

한 남자가 공무원들에게 말했다.

"누구십니까?"

공무원이 그를 쏘아보았다.

"제가 여기 세무 대리인입니다만……."

세무 대리인!

그 한마디에 강토의 시선이 제자리로 돌아왔다. 세무 대리인은 계약서를 보여주었다. 공무원들의 미간이 확 일그러졌다. 그런 다음 공무원들이 원하는 자료를 보여주는 세무 대리인. 거기에는 적법한 입출금 내역이 고스란히 적혀 있었다.

"이거 우리가 카피해 가도 됩니까?"

세무 공무원, 그렇게라도 자존심을 세웠다.

"당연히 그러셔야죠. 그러실 줄 알고 복사본도 한 부 가져왔습니다."

대리인의 수락은 의미심장하게 들렸다. 세무 공무원들은 소득 없이 돌아갔다. 문수 덕분이었다.

"우와, 언제 세무사까지 세운 거예요?"

세무 대리인들이 나가자 덕규가 물었다.

"우리 컨설팅이 구멍가게야? 월 매출이 수십 억 될 때도 있으니 당연한 일이지."

문수는 당연한 듯 응수했다.

"잘했어. 방 실장 아니었으면 골치 좀 아플 뻔했네."

강토도 진심어린 고마움을 전했다.

"실은 삼촌 덕분입니다. 자칫하면 심부름센터 정도로 보일 수 있으니 일찌감치 세무 대리인 세우라고 하더군요. 그래서 수입과 지출이 생길 때마다 도움을 받고 있었습니다. 보고를 드린다는 게 의뢰에 묻혀 살다 보니 그만……"

"이성표 팀장님?"

"그때 청와대 서별관 회의 검증하고 나오신 날……."

"내가 커밍아웃 선언한 날?"

"상의를 했더니 몇 가지 처방을 주셨습니다. 처음에는 쪼잔하게 세금까지 참견하신다 싶었는데 오늘 보니 우리 삼촌도 살짝 혜안인 것 같습니다."

"그러네. 아무튼 진짜 수고했어."

폭풍 뒤에 평화가 온다. 출렁 내려앉았던 심장은 그렇게 제자리로 돌아왔다. 덕규와 세경이 가슴을 쓸어내리는 동안에 강토는 문수와 회의실에 자리를 잡았다.

"누가 찌른 거겠지?"

강토가 말했다.

"그런 거 같습니다."

"누굴까?"

"글쎄요, 이제 대표님도 거물이라서……."

문수가 웃었다.

"그런 소리 들은 김에 거물답게 한번 놀아볼까?"

"예?"

"스포츠카 한 대 리스 좀 해와. 제일 비싼 놈으로."

"스포츠카를 왜요?"

"월요일에 빅 쓰리 검증이잖아? 머리도 식힐 겸 여자 좀 꼬시려고."

"예?"

"여자 꼬시는 데는 스포츠카가 대박이잖아? 안 그래?"

"내일 조 앵커님 만나십니까?"

"안 될까?"

"글쎄요… 나쁜 생각은 아닙니다만."

"부탁해, 차는 방 실장이 오피스텔 앞으로 좀 가져다주고."

강토는 화끈하게 지시를 끝냈다.

*　　　　*　　　　*

토요일이 되었다. 모처럼 쉬기로 되었다. 덕규는 아침부터 설레발을 떨어댔다.

"스포츠카가 온다고?"

"그래."

침대에서 장르 소설을 읽던 강토가 대답했다. 오랜만에 읽으니 시간이 가는 줄도 몰랐다. 역시 복잡한 머리 식히기에는 장르소설이 괜찮았다.

"조 앵커님이랑 데이트?"

"데이트는 맞다."

"아, 씨… 나도 스포츠카 한 번 몰아보고 싶은데……."

"아서라. 어딜 끼려고."

"그러게. 그놈의 스포츠카는 언 놈이 좌석을 두 개로 만든 거야."

"미안하지만 네 좌석도 있다."

"오늘 오는 차도?"

"No, 오늘은 오붓하게 두 좌석!"

"형!"

덕규가 은근슬쩍 강토에게 다가서며 아양을 떨었다.

"운전 한 번만 해 보게 해달라고?"

"부탁이야. 내가 형 안전을 위해서도 차를 점검해야 한다고."

"핑계는 좋다."

"형이 보통 사람이야? 자칫 머리라도 다치면……."

"오냐, 30분 줄 테니까 얌전하고 몰고 가져와라."

"으악, 30분!"

덕규가 반색을 하며 펄쩍 뛰었다.

"괜히 여자 꼬신다고 껄떡거리지 말고."

"쳇, 스포츠카의 로망은 미녀 아니야? 내가 제한 시간 30분 만에 여신을 하나 달고 올 테니까 두고 보라고."

"여신들 눈이 삐었다든?"

"아, 진짜… 초 치지말고. 차는 언제 온대?"

"곧 올 텐데?"

강토가 전화기를 돌아보았다. 그러자 기다렸다는 듯이 전화기가 울었다. 문수였다.

"으아악, 아우디 스포오츠으카아!"

도로로 나온 덕규는 입을 다물 줄 몰랐다.

"괜찮습니까? 대표님이라면 이 정도는 되어야 할 거 같아서 간신히 수배했습니다."

차에서 내린 문수가 차를 가리켰다. 하얀 스포츠카는 보석처럼 반짝거렸다.

"형!"

덕규는 초점을 잃은 채 강토를 바라보았다. 애가 타도 저렇게 탈 수 없었다.

"쟤 쓰러지겠다. 키 좀 던져줘."

"부실장한테요?"

문수가 물었다.

"뭐 안전 점검을 해야 한다나? 잠깐 기분 좀 내라고 했어. 보험 문제 없지?"

"부실장!"

문수의 시선이 덕규에게 향했다.

"잘 부탁합니다!"

덕규는 꾸벅 허리를 접으며 아부를 날렸다. 피식 웃은 문수가 키를 넘겨주었다.

"으아악, 이게 바로 아우디 스포츠카 키로구나."

덕규는 애인이라도 되는 듯 키에다 키스를 퍼부었다.

"아주 신발까지 벗고 타지 그러냐?"

강토가 웃었다.

"어, 나 진짜 그러려고 했는데……."

장단을 맞춘 덕규가 차에 올랐다.

"그럼 안전 점검을 겸해 헌팅 좀 하고 오겠습니다."

덕규는 거수경례를 올리기 무섭게 도로에 올라섰다.

바릉!

아우디는 부드럽게 탄력을 받으며 차선을 바꾸었다.

"설마 부실장 기분 나게 해 주려고 리스하신 건 아니죠?"

오피스텔로 들어온 문수가 물었다.

"여러 사람 기분 내면 좋지 뭐."

"기분 낼 사람이 또 있나요? 세경 씨?"

"흐음, 많이 맞추는데?"

"조 앵커님 만나는 거 아니었단 말입니까?"

"일단 작업 좀 해보고."

강토가 옷을 챙겨 입었다. 그리고 문 앞에서 문수를 돌아보
았다.

"약속 장소에 먼저 가 있을 테니까 덕규 오면 내가 지정하
는 장소로 차 몰고 와."

"제가요?"

"꼭!"

"그럼 부실장 오면 직접 몰고 가시는 게?"

"극적인 효과 좀 보려고 그래. 알았어?"

"그러죠."

문수의 대답을 듣고 오피스텔을 나섰다. 강토는 택시를 잡았다. 시내 쪽으로 달리는데 돌아오는 덕규가 보였다. 그새 선글라스까지 썼다. 여자도 하나 물었다. 그런데 여자가 낯익었다. 세경이었다.

'푸웃!'

강토는 터져 나오는 웃음을 간신히 참았다. 스포츠카의 로망이 여자 헌팅이라고? 인생이 그리 만만한가? 고기도 먹던 놈이 잘 먹는 법이다.

얼마 후, 문수가 아우디를 몰고 카페 앞에 도착했다. 강토가 지시한 장소였다.

'어디 계시지?'

차에서 내린 문수가 주변을 돌아보았다. 그때 카페 안에서 한 사람이 걸어 나왔다. 아주 낯익은 사람이었다.

"……!"

문수는 그 사람에게서 시선을 떼지 못했다. 그 사람… 재희였다. 문수가 좋아하던 여자 변재희…….

"……?"

카페를 나선 변재희도 문수를 발견했다. 그녀의 살짝 벌어진 입도 그대로 굳어버렸다. 순간, 문수의 전화가 울렸다.

"나 조 앵커에게 바람맞았어. 지금 방 실장 앞에 여자 한 명 있지? 그 차에 어울릴 거 같지 않아?"

"대표님!"

문수의 목소리가 메는 게 느껴졌다.

"명령이야. 덕규가 개시했으니 이제 방 실장 차례라고. 어떻게든 그 여자 태워. 못 태우면 내일부터 당장 개진상 시절로 돌아갈 거 각오하고."

"……!"

문수, 그제야 강토의 배려임을 알았다. 그러니까 이 스포츠카는 문수를 위한 이벤트였다. 스포츠카에 빽 가는 변재희. 지상 최고의 스포츠카로 잡아보라는 강권……

—그놈은 사기지만 방 실장은 진심이잖아? 진심이 사기 따위를 못 이길 리 없어.

강토의 문자 하나가 이어졌다.

그사이에 재희가 발길을 돌렸다.

"탈래?"

문수의 목소리가 그녀의 걸음을 잡았다.

"우리 대표님 만났냐?"

그녀의 등에다 또 한마디를 보태는 문수.

"……."

"그분이 너랑 데이트하라고 빌려주신 거야. 데이트 미션 완수 못 하면 짜르신다는데 나랑 깨지더라도 한 번만 봐주라."

"……."

"부탁해!"

그 말에 재희의 어깨가 움찔거렸다.

"나 안 미워?"

재희의 목소리가 열렸다.

"미우면 왔겠냐?"

문수의 목소리는 담담했다. 너무 담담해 판단하기도 힘든…….

"바보……."

"빨리 타. 오래 서 있으면 딱지 끊을지 몰라."

문수가 재희 손을 잡았다. 그녀는 거부하지 않았다. 문수는 조수석 문을 열어 재희를 모셨다. 그런 다음 자신도 운전석에 올랐다.

"출발해도 될까요?"

문수가 물었다. 재희는 끄덕 고갯짓으로 대답을 대신했다.

바릉!

아우디는 솜사탕처럼 달콤한 소리를 내며 주행 차량 사이로 끼어들었다. 차가 사라진 후에야 강토가 카페에서 나왔다. 손에는 커피가 들려 있었다. 강토는 전화를 눌러 덕규를 호출했다. 오래지 않아 덕규가 차를 끌고 달려왔다.

"아우디는 어쩌고?"

덕규가 물었다.

"조 앵커가 바쁘다네. 그래서 방 실장 편에 반납시켰어."

"으악, 그럴 거면 나 좀 부르지."

"왜? 아까 보니까 여자 헌팅했던데 그새 쫑 쳤냐?"

시치미를 떼고 묻는 강토.

"그건 세경이고 잊어버린 게 있단 말이야."

"뭐?"

"인증샷, 운전하느라고 차에서 인증샷 찍는 걸 깜빡했다고!"

허얼!

참 중요한 걸 빠뜨리셨다. 덕규 때문에 웃는 강토였다.

강토와 덕규는 모처럼 망중한을 즐겼다. 무려 선상 낚시였다. 돈은 좀 비쌌다. 1인당 8만원을 쓴 것이다. 그래도 손맛은 짜릿했다. 미꾸라지를 매달아 넣으면 우럭과 놀래미가 나왔다.

후두둥 후두둥!

낚싯줄을 흔드는 느낌이 짜릿했다.

꼴꼴꼴!

선상에서 캔맥주를 깠다. 선장의 서비스였다. 그 맛 또한 일품이었다. 바다에서 마시는 맥주와 회. 왜 더 맛이 좋을까? 바다 때문으로 보였다. 넓은 바다가 마음을 열어주는 것이다.

같이 탄 낚시꾼은 모두 여섯 명. 다 남자들끼리 짝을 지은 사람들이었다.

"형, 저것들 말이야……."

회를 배불리 먹은 후에 덕규가 선상 쪽의 남자들을 바라보았다. 아까부터 수상한 작태를 보이던 인간들이었다.

"왜?"

다시 미꾸라지를 매달며 강토가 대답했다.

"저것들 홍분제 같은 거 가지고 있나 봐."

"홍분제?"

"내가 추가 떨어져서 선장님한테 가는데 지들끼리 작당을 하더라고. 회 가져가서 술에 약 탄 후에 자빠뜨리자고."

"자연산 회로 여자 꼬시려는 모양이지."

퐁!

강토의 낚싯줄이 바다로 골인했다. 줄은 제자리에서 한참을 들어갔다.

"그게 아니고 범죄 저지르려는 거 같아. 적어도 1억은 나올 거라고……."

덕규의 말에 강토가 돌아보았다.

"쉬러 왔는데 미안하지만 형이 뇌파 한 번만 쏴봐."

"내 머리로 네가 인심을 쓰는구나? 네 방식대로 멱살 조이고 자백받지 그러냐?"

"쳇, 그러다 아니면 나 빵에 가는 꼴 보려고 그래?"

"알았다. 모자냐 안경이냐?"

강토가 슬쩍 뱃머리를 돌아보았다.

"일단 모자!"

덕규가 대답했다.

후두둥!

그때 낚싯줄이 요란을 떨었다.

"왔다!"

…싶었지만 줄은 바로 허전해졌다. 또 추가 끊긴 것이다.

"줄 걷으세요. 포인트 이동합니다."

선장이 소리쳤다. 강토는 추가 필요한 척 뱃머리 쪽으로 움직였다. 모자와 안경은 핸드폰 문자를 보며 시시덕거렸다. 그 알쌍한 미소 사이로 강토의 매직 뉴런이 날아갔다.

'어디 한번 볼까나? 무슨 수작들이신지……'

다소 칙칙한 느낌의 뇌 속으로 매직 뉴런이 밀고 들어갔다. 시냅스의 속도는 바람처럼 빨랐다. 그리고, 마침내 모자의 비밀에 도착하고 말았다.

"……?"

여자가 나왔다. 우럭 같은 여자였다. 얼굴은 크고 하나도 예쁘지 않은 중년. 하지만 몸에는 온갖 귀금속을 걸치고 있었다.

"이 여사!"

기억 속에서 모자가 호탕하게 웃었다.

"회 좋아하잖아? 내가 모레 서해로 바다낚시를 가는데 한 망태기 잡아올 테니 약주나 한잔합시다."

"아유, 나 술 잘 못 먹는 거 알면서……."

"어허, 자연산이라니까. 안주가 좋으면 술도 안 취하는 거 몰라요?"

"말은 들었는데……."

"펄떡거리는 놀래미에 우럭… 더도 말고 청하나 한 병 하세요. 인생 뭐 있나……."

"알았어요. 좋은 거 잡으면 연락해요. 시간 되면 나갈 테니까."

"그 나올 때 정 여사도……."

"알았다고요. 대신 쓸 만한 거 못 잡으면 아예 연락도 말아요. 그 언니는 나보다도 더 입이 고급인 사람이니……."

"오케이, 염려 말아요. 내가 서해 용왕님을 동원해서라도 기똥찬 대물들로 준비할 테니."

모자의 미소가 느끼하다. 여자의 기억은 거기서 접었다.

다음으로 넘어가자 안경이 나왔다. 그가 약물 병을 들어보였다.

"이거 효과 확실해?"

모자가 물었다.

"당연하지. 실험해 봤는데 황소도 뻗더라고."

"배터리 빵빵하게 준비하고. 저번처럼 재수 없게 배터리 아웃되면 그냥 안 넘어갈 거야."

"걱정 마셔. 나도 돈 궁해 미치겠거든. 나흘 전에도 4천을 꼴았다고."

"그러게 그놈의 도박 좀 그만하라니까."

"그러는 당신은? 경마는 도박 아니야?"

"어허, 경마는 스포츠. 국가에서도 허락한 스포츠라고."

"놀고 있네."

"알았어. 정 여사 그년, 가진 건 돈밖에 없으니까 1억은 기본이고 잘 하면 5억까지도 가능할 거야."

"이 여사는?"

"그년한테도 1억은 빨아내야지. 우리가 이 나이에 봉사할 일 있어?"

"하긴 돈 아니면 이 짓 안 하지. 그것들이 여자냐?"

"이번에는 제대로 하고 필리핀 같은 데 가서 우리 인생 위로 좀 받자고. 지난번에는 개털들 건드려서 꼴랑 3백으로 끝났잖아?"

"내 말이……."

"흐흣, 그것들 이제 다 죽었어. 그날이 제삿날이라고."

"그런데 낚시는 꼭 가야 돼? 수산 시장 가서 때깔 좋은 걸로 떠가는 게 낫잖아?"

"무슨 소리야? 리얼리티가 있어야지. 그 여자들이 똘아이야? 낚시 갔다 오는 거하고 시장 들렀다가 오는 것도 구분 못하게?"

"그런가?"

"투자를 해야지, 투자를."

"역시 당신은 대그빡 하나는 좋아."

"됐고, 약하고 배터리 잘 챙겨. 기본 1억짜리니까."

"오케이!"

안경이 손가방에 약물 병을 담았다. 손잡이가 달린 밤색 가방이었다. 밤색 가방. 거기서 기억 탐색을 멈췄다.

'이런 개 같은 놈들을 봤나?'

속셈을 알아차린 강토, 훅 치받는 분노를 애써 참았다. 쉬려고 나왔지만, 외면할 수 없는 일이었다.

"어때?"

강토가 자리로 돌아오자 덕규가 물었다.

"악질 제비들 맞아."

"그렇지?"

"일단 낚시나 즐기자. 바다 위에서 어디로 튈 것도 아니고."

강토는 자리를 옮긴 포인트에 낚싯줄을 내렸다.

두어 번 더 포인트를 옮긴 후에 낚시가 끝났다. 안경과 모자는 선장에게 부탁해 대물 광어와 우럭 몇 마리를 따로 구입해서 들통에 담았다. 그런 다음 휘파람을 불며 차에 올랐다.

"그냥 보내?"

덕규가 물었다.

"아니, 우리가 먼저 가자."

강토가 말했다. 그들의 약속 장소를 알고 있는 강토였다. 덕규는 날렵하게 차를 몰았다.

'제삿날이라⋯⋯.'

강토는 모자와 안경의 기억을 곱씹었다. 제삿날은 확실했다.

'다만 주체가 바뀔 뿐⋯⋯.'

제2장
빅 쓰리

모자와 안경은 유유히 목적지에 도착했다. 모텔이 즐비한 거리의 유흥가였다. 두 사람은 한산한 횟집 앞에서 차를 멈췄다.

"아직 안 온 모양인데?"

안경이 주변을 보며 말했다.

"오겠지. 기다려 봐."

"설마 눈치 간 건 아니겠지?"

"재수없게시리… 지들이 무슨 하느님이야?"

"하긴… 요즘 오나가나 차가 막히니……."

"아이템 점검해."

"이상 무!"

약물 병을 확인한 안경이 대답했다. 오래지 않아 검은 세단이 등장했다.

"온다!"

"크하, 금고가 굴러오는 거 같은데?"

둘은 기대감으로 가득 찬 얼굴이었다. 여자들이 내렸다. 50 후반 중년의 여자들이었다. 손에 휘감은 보석과 선글라스, 멋을 제대로 낸 걸로 보아 '싸모님'들이 분명했다.

"이어, 이 여사!"

모자가 다가가 너스레를 떨었다.

"어이쿠, 이거 수원 여신 정 여사님도 오셨군요?"

안경도 뒤지지 않는다. 두 남자는 시큰둥한 여자들에게 전리품을 열어보였다. 펄떡거리는 광어와 우럭이 나왔다.

"이거 잡느라고 죽는 줄 알았습니다. 하필 물때가 아니라지 뭡니까?"

모자의 영웅담이 시작되었다.

"그래도 내가 누굽니까? 영등포 박 아닙니까? 포기를 모르는 불굴의 싸나이. 횟감들아, 오늘 너 죽고 나 살자!"

"진짜 잡은 거예요?"

듣고 있던 정 여사가 물었다.

"그럼요. 이게 바로 오리지날 100% 퍼펙트 자연산이라는 겁니다. 대한민국 정부가 보증하고 유엔이 인정하는……."

"아유, 하여간 저 말빨은 못 당한다니까."

모자의 설레발에 웃고 마는 여자들.

넷은 안쪽의 평상 테이블에 자리를 잡았다.

잠시 후에 회가 나왔다. 주인에게 회를 부탁하고 일부는 주인에게 바치면 문제는 해결. 그 또한 사전에 주인과 입을 맞춘 모양이었다.

"자자자, 드세요!"

모자가 작업에 착수했다. 여자를 어쩌려면 술부터 먹이는 한국 남자들의 수작. 술에 취하면 모텔로 가려는 그 뻔한 수작의 시작이었다.

"나는 술보다 커피가 좋은데……."

정 여사가 슬쩍 몸을 뺐다.

"아따, 그건 이 자연산 회를 모욕하는 겁니다. 아, 세상에 누가 이런 럭셔리한 회를 커피하고 먹습니까? 회 안 먹는 미국 놈들도 그렇게는 안 하지요."

"그래, 한 잔 받아봐."

이 여사가 거들자 정 여사는 마지못해 맥주를 받았다.

"자자자, 거국적으로 일 잔 달립시다. 대한민국 만세!"

모자의 설레발은 점입가경으로 치닫고 있었다. 술잔을 비워

낸 그는 회를 쌈 싸서 이 여사를 공략하기 시작했다.

"우리 최강 동안 이 여사님, 아!"

"아유, 왜 이러신데……."

정 여사의 눈치를 보며 잠깐 주저하는 이 여사.

"아따, 그럼 정 여사님은 내가… 아!"

안경이 장단을 맞추자 두 여자는 어색하게 쌈을 받아먹었다. 그렇게 술이 돌기 시작했다. 이 여사에게는 소맥이 한 잔 올라갔다.

─술을 가장 맛있게 먹는 법.

─늙었다는 소리 안 들으려면 먹어봐야 하는 술.

─뒤끝이 정말 깨끗한 요즘 유행주.

모자는 휘황찬란한 문구를 동원해 이 여사를 공략했다.

네 사람에게 술이 오르기 시작했다. 그러다 여자들이 화장실에 갔을 때였다. 마침내 모자가 본색을 드러냈다.

"빨리!"

안경에게 눈짓을 보내는 모자. 안경을 약물 병을 따서 두 여자의 잔에 살포시 첨가했다. 약물은 투명하게 맥주 속으로 녹아들어갔다. 두 남자의 눈가에 야릇한 미소가 스쳐갔다.

"아유, 나 취했나?"

폭탄주 한 잔을 더 받아든 정 여사가 머리를 짚었다.

"나도 그러네? 별로 마시지도 않았는데……."

이 여사도 이마를 짚었다.

"아따, 약한 척하기는… 이제부터 시작인데……."

모자는 여자들의 술잔을 다시 채워주었다.

밖은 그새 어둑해졌다. 잠시 후에 두 남자는 여자들을 끼고 횟집에서 나왔다. 여자들은 이미 맛이 간 것으로 보였다.

모자가 모텔을 보며 턱짓을 했다. 두 사람은 무인 모텔로 들어섰다.

"누구 먼저 작업할까?"

안경이 모자에게 속삭였다. 모자가 보니 정 여사가 완전 떡이었다. 돈도 더 많다고 알고 있는 정 여사… 눈짓으로 정 여사를 찍었다.

OK!

안경이 신호를 받았다.

정 여사를 끌고 방을 들어간 안경은 침대에 여자를 눕혔다. 눕혀놓으니 볼만했다.

"이건 여자가 아니고 하마네, 하마!"

부축해 오는 동안 흘러내린 땀부터 닦았다. 정말이지 돈이 아니라면 건드리고 싶지 않은 몸매였다.

"먹고 살려면……."

안경은 정 여사의 옷을 벗겨내렸다.

"으음……."

정 여사가 뒤척이자 안경은 짜증을 퍼부었다.

"쓰발, 가만히 좀 있어. 누군 뭐 좋아서 이러는 줄 알아?"

겉옷이 벗겨졌다. 고스란히 드러난 몸매에 안경은 한 번 더 몸서리를 쳤다. 그때 모자가 들어왔다.

"완전히 맛이 갔네?"

"나도 맛이 가겠어."

안경이 정 여사의 몸을 가리켰다. 그걸 본 모자도 진저리를 쳤다. 보정 속옷 때문이었다. 배꼽 위 가슴까지 올라온 여사의 속옷은 가히 중세의 정조대를 방불케 하고 있었다.

"가지가지하네."

"그러게. 평소에 좀 작작 처먹고 다니지."

"벗겨!"

모자가 재촉했다.

"아, 씨……."

안경은 머리카락을 마구 비비고는 마지막 장애물 제거에 돌입했다. 마침내 정 여사는 오리지널 회처럼, 속옷 한 장에 숨은 오리지널 몸매가 되었다.

"미치겠네. 빨리 찍어!"

옷을 벗어던진 안경이 정 여사의 위로 올라갔다.

찰칵!

찰칵!

셔터 작렬하는 소리가 들렸다.

"아직 아니잖아… 응?"

속옷을 벗기는 중에 들린 셔터 소리. 안경이 짜증스레 돌아보는 순간, 모자도 그 시선을 따라 함께 고개를 돌렸다. 모자가 누른 셔터가 아니었던 것이다.

"이 여사!"

두 남자가 동시에 소리쳤다. 소리 없이 등장한 사람은 이 여사였다. 셔터를 누른 주인공도 이 여사였다. 그녀는 아주 멀쩡해 보였다.

"뭐야?"

당황한 안경이 모자를 바라보았다. 그때 느닷없이 솥뚜껑 같은 손이 날아와 안경의 목을 조였다. 이번에는 정 여사의 손이었다.

"이… 이 여사……."

모자가 상황을 수습하려 운을 떼자 이 여사의 킥이 날아왔다. 모자의 낭심이었다.

"이 미친 놈도 좀 부탁해."

정 여사가 안경을 밀었다. 안경이 침대 아래로 맥없이 거꾸러지자 이 여사가 수고를 더해 주었다.

퍽!

알 깨지는 소리가 거푸 들렸다.

찰칵!

셔터 소리도 몇 번 더 이어졌다.

조금 후에 경찰이 들어섰다. 경찰은 모자와 안경의 핸드폰을 집어 들었다.

"비밀번호 뭡니까?"

경찰이 남자들에게 물었다.

"왜, 왜 이러십니까?"

모자가 가련한 목소리를 쏟아냈다.

"몰라서 물어요? 비밀번호!"

"뭔가 오해입니다. 우린 서로 좋아하는 사이라고요."

"좋아하는 사이인데 성폭행을 시도해요?"

"성폭행이라뇨? 우린 엄연히 서로 합의하에……."

퍽!

주절거리는 모자의 머리에 베개 테러가 작렬했다. 정 여사의 작품이었다.

"이 인간 폰은 Z자고요, 저 인간 폰은 W자예요."

비밀번호는 이 여사가 대신 답했다. 남자들은 입을 쩌억 벌린 채 대꾸하지 못했다. 마누라도 모르는 걸 이 여사가 알고 있는 것이 아닌가?

경찰들이 핸드폰을 열었다. 두 남자의 실체가 드러났다. 다른 여자들을 찍은 동영상이 여럿이었다. 사진은 더 많았다.

협박을 위해 연출된 변태적인 사진도 가득했다.

"잘못했습니다. 한 번만 봐주세요!"

남자들은 비굴 모드에 돌입했지만 때는 이미 늦은 후였다. 둘은 두툼한 은팔찌를 선물받고 요금도 받지 않는 경찰차에 태워져 모텔에서 멀어졌다.

위기를 모면한 여자들이 시선을 들었다. 강토는 그제야 모습을 드러냈다.

"이 대표님!"

여자 둘이 반색을 하며 손을 흔들었다.

"잘됐나요?"

강토가 물었다.

"덕분에요. 시키신 대로 하지 않았으면 큰일 날 뻔했네요."

"아무튼 다행입니다."

"아까는 의심해서 죄송해요."

"별말씀을……."

"너 내 덕분인 줄 알아. 내가 이 대표님, 인터넷에서 몇 번 봤다고 그랬잖아?"

정 여사가 이 여사에게 무용담 같은 핀잔을 날렸다.

이 여사와 정 여사!

먼저 출발한 강토가 두 사람에게 전화를 했었다. 먼저 만나 전모를 말해주었다. 두 여사는 처음에는 강토 말을 듣지 않았

다. 하지만 정 여사가 이 여사에게 뭐라고 속닥이고 난 후에
야 강토를 믿는 눈치로 변했다. 두 여사는 자신들에게 걸려고
준비한 올가미를 사기꾼들에게 걸어주기로 결심했다.

술을 받아마셨다. 하지만 정작은 테이블 아래에 미리 준
비한 물수건 위에 차곡차곡 부었다. 그 머리는 이 여사에게
서 나왔다. 그녀는 한때 물장사를 했었다. 물장사를 하려면
물수건 신공이 필요했다. 양주를 받아먹는 척하며 물수건에
쏟아버리는 것. 매상도 오르고 몸도 보호하는 일거양득의
신공이었으니 물장수 계통에 주구장창 전수되는 비법이었
다.

취해서 흐늘거리는 척했지만 정신은 말짱했다. 그런 다음
모텔 안에서 여자들이 오히려 현장을 선점한 것이다.

"저기요, 이거······."

이 여사가 봉투를 내밀었다.

"이런 거 필요 없습니다."

"그러시면 안 돼요. 개망신당할 뻔한 걸 막아주셨는데······."

"나는 망신도 망신이지만 저런 인간들이 내 몸에 들어왔을
걸 생각하면······."

정 여사는 상상만으로도 몸서리를 쳤다.

"받으세요. 어서요!"

이 여사는 막무가내로 봉투를 안겨주었다.

"그럼 성의로 알고 받겠습니다."

"고맙습니다. 이 대표님!"

돌아서는 강토에게 덩치만큼이나 푸근한 인사가 날아왔다. 차로 돌아온 강토가 조수석에 올랐다.

"잘됐대?"

운전석의 덕규가 물었다.

"시나리오 다 알려줬는데 못하면 어쩌게?"

"하긴… 그건 뭐야?"

덕규가 봉투를 바라보았다. 봉투 안에 든 건 500만원 수표 두 장이었다. 여자들이 한 장씩 마음을 담은 모양이었다.

"결국 우리 형, 쉬지도 못하고 근무한 꼴이네?"

덕규가 웃었다.

"어쩌겠냐? 이것도 팔자인 모양인데… 가자!"

안전띠를 당길 때 문수에게 전화가 들어왔다.

"대표님!"

"어? 웬일?"

"데이트 끝냈습니다."

"그래?"

"덕분에 다시 서로를 믿어보기로 했습니다."

"잘됐네."

"재희가 대표님께 고맙다고 전해달라네요. 제가 다 말씀드

렸거든요."

"뭘 그런 걸 다……."

"진심으로 고맙습니다."

"설마 우는 건 아니지?"

"그럼요. 저 기분 좋습니다."

"그럼 푹 쉬어."

전화를 끊었다.

"방 실장님? 이거랑 잘됐대?"

덕규가 새끼손가락을 들어 보이며 물었다.

"그런 모양이다."

"이제 보니 아우디로 밀어준 거야?"

"야, 밀어주기는… 반납하는 김에 이용한 모양이지. 방 실장 머리가 좀 좋냐?"

"그런가?"

순진한 덕규는 강토 말을 믿었다. 차가 출발했다. 번잡한 유흥가가 시원하게 멀어졌다.

월요일 아침이 밝았다. 침대에서 일어서는데 머리 중심이 뜨끈하게 느껴졌다.

뭐지?

잠시 동작을 멈추자 불편한 느낌이 가셨다.

너무 쉬었나?

돌아보니 덕규는 여전히 기관차를 달리고 있었다. 중랑천으로 이어지는 산책로로 나갔다. 풀이 많이 자랐다. 풀을 쓰다듬고 지나온 바람이 순하게 느껴졌다. 잠시 인적이 끊긴 산책로에서 가만히 섰다. 다시 머리를 체크했다. 약간의 뜨끈함이 다시 느껴졌다.

두통인가?

아니면 스트레스?

머리가 아플 요인은 많고도 많았다. 게다가 그리 심하지는 않은 상황. 그때 굉장한 미인 하나가 이어폰을 끼고 강토 앞을 지나갔다. 매끈하다. 저렇게 매끈한 몸매를 가지고도 아침 운동에 나선 아가씨. 몸매를 유지하려는 걸까? 아니면 자랑을 하려는 걸까?

둘 다겠지.

학교 때 우등생들이 저랬다. 1등을 하면서도 매번 열심이다. 시간을 쪼개 공부하고, 또 공부하는 것이다. 어떻게 보면 이미 잘하니까 놀 수도 있는 상황… 그렇게 보면 공부를 잘한다는 건 노력으로 보였다. 몸매가 좋다는 것도 노력으로 보였다.

허튼 생각을 하다 보니 머리가 맑아졌다.

"……?"

몇 걸음을 옮기다 걸음을 멈췄다. 고양이를 본 것이다. 두 마리였다. 둘이 강토 앞에 다가와 얌전하게 앉았다. 이마를 쓰다듬어 주었다. 길 고양이로 살면서도 오물 하나 묻지 않은 녀석들. 고양이는 더러운 곳에 살아도 청결을 유지한다. 사람보다 나았다. 작은 권력이라도 쥐면 그저 휘두를 생각에 빠지는 인간들보다······.

─내가 누군 줄 알아?

괜찮다는 직함을 가진 사람들 중에 이런 과시를 해보지 않은 사람은 얼마나 될까? 불안한 시대에서 비롯된 권위 의식은 여전히 사회 속에 도도한 격랑으로 흐르고 있었다.

마침내 밝아온 빅 쓰리의 검증 날.

'빅 쓰리······.'

그들은 고양이 같기를··· 더러운 곳에 살아도 깨끗한 몸으로 사는 고양이처럼, 권력을 쥐고도 청렴하기를······.

"전부 다 깨끗합니다!"

장철환에게, 대통령에게 그렇게 보고할 수 있기를······.

고양이들의 눈을 바라보며 진심으로 빌었다.

*　　　*　　　*

국세청장, 경찰청장, 검찰청장.

거기에 더해 금융위원장, 공정위원장, 감사원장.

여섯 명의 자료를 받아들었다. 문수가 수집한 작품이었다.

8시가 되기도 전의 이른 아침, 사무실에 들어선 강토는 놀라지도 않았다. 문수 때문이었다. 언제 왔는지 테이블 가득 서류를 펼쳐놓고 일을 하는 그. 하지만 이제 한두 번 겪는 일도 아니었다.

"아, 씨……."

볼멘소리를 토한 덕규는 강토에게 만 원을 건네주었다. 문수가 늦는지 아닌지를 놓고 한 내기. 오늘도 승자는 강토였던 것이다.

"국세청장과 공정위원장이 은재구 라인에 속한다는 루머가 많더군요. 신뢰도는 70% 이상입니다."

회의실에 마주한 문수가 말했다.

"다른 사람들은?"

"경찰청장은 석귀동과 친분이 있다는 말이 있고 금융위원장은 서철상 의원 쪽이라는 후문이……."

"그럼 대통령 사람은 없고?"

"임기 후반이지 않습니까? 선거 공신이나 최측근들은 전반기에 다 등용했을 테고 이제부터 자리 잡는 요직들은 보은 인사거나 안전장치 인사일 수 있습니다."

"선거 때 도와준 사람들 중에서 연공서열이 후순위인 사람들과 퇴임 후에 방패막이를 해줄 사람들을 앉힌다?"

"아마……."

"그래도 되는 거야?"

"예?"

"국가 요직들 말이야, 누구든 능력 있는 사람이 계속해야
하는 거 아닌가?"

"대통령은 혼자되는 게 아니잖습니까?"

"그럼 국민도 한 자리씩 줘야지. 국민들도 한 표씩 거들었으
니까."

"……."

"개판이야. 나는 말이야 개인적으로 진짜 마음에 안 들어.
장관이 자주 바뀐다면 그 자리가 중요하지 않다는 건가? 아니
면 임명된 사람들이 애당초 능력이 없다는 건가?"

"날카롭군요. 차라리 대표님이 대통령하시죠?"

"응?"

"우리 삼촌부터 시작해서 그런 말씀하시는 분들이 많이 늘
었습니다. 대표님이 차기 공천쯤에 지역구에 나가서 국회에 입
성하고 40대쯤에 대통령하라는……."

"됐어. 자기 속 들여다본다고 내 밑으로 아무도 안 올걸?"

"그건 그렇군요."

문수가 웃었다.

"방 실장도 그래?"

"저는 아닙니다. 솔직히 재미만 좋습니다. 이건 일반 직장하고 카타르시스가 다르거든요."

"스포츠카 때문에 나 띄우는 건 아니지?"

"절대로 아니죠. 공은 공, 사는 사!"

"다른 의뢰는?"

"해외에서 이메일 문의가 몇 건 들어왔습니다."

"해외?"

"인터넷 시대 아닙니까? 더구나 '더 월드사'에서 대표님 능력을 알고 있고, 중국의 양하오사도 있으니 조금씩 파급 효과가 나오는 모양입니다."

"어이쿠, 또 영어해야겠네."

"그래서 말인데요 이 여자 어떻습니까?"

문수가 흑발 서양 미녀 풍의 사진을 내밀었다. 마스크가 시원한 미녀였다.

"미스코리아?"

"…까지는 아니지만 미녀 대회에 출전한 경험은 있더군요."

"누군데?"

"대표님 영어 전담 강사입니다. 아무래도 영어를 보강하시는 게 좋을 듯 합니다."

"진짜 국제적으로 놀자고?"

"나중에 초대박나면 몰디브에 섬 사서 가신다면서요? 몰디브 원어민어보다야 영어 배우는 게 빠르지 않을까요? 다양하게 써먹을 수도 있고?"

"이거 벌써 결정한 건 아니겠지."

"죄송합니다. 일주일에 한두 번씩 오도록 계약했습니다."

"푸헐!"

"마음에 안 드시면 다른 사람으로?"

"됐어. 사람이 아니라 시간의 문제잖아?"

"제 생각인데 대표님은 금세 배울 수 있을 겁니다. 그러니 더 바빠지기 전에 해치우시죠."

"금세 배운다니?"

"지난번 지웅이 기억하시죠?"

"100점?"

"그때 대표님이 뇌파로 특별한 조치를 하셨죠?"

"그렇지."

"그걸 대표님 뇌에 적용하세요. 그럼 단기간에 회화 정복할 수 있을 겁니다. 중국어도 스페인어도……"

"……?"

"안 될까요?"

문수가 의미심장하게 웃었다.

아니… 안 될 리가?

등잔 밑이 어둡다더니 그 말이 딱이었다. 그렇잖아도 기억력이 후끈 좋아진 강토였다. 그러니 지웅이에게 쓴 신공을 셀프 적용한다면?

오 마이 잉글리시!

"역시 방 실장!"

강토는 엄지를 바짝 세워주었다.

차가 나왔다. 향이 좋았다.

"드시게."

대통령이 말했다. 검증에 들어가기 직전, 대통령이 내려온 것이다.

"고맙습니다."

강토는 찻잔을 들었다. 차의 맛은 나이에 비례한다고 했던가? 몇 번째 얻어 마시지만 참맛을 알기 어려웠다.

"오늘도 짐을 지우게 되었네."

대통령의 시선은 강토에게 있었다. 옆에 앉은 장철환은 조용한 미소로 박자를 맞추고 있었다.

"별말씀을 다하십니다."

"지난번도 그렇지만 이번도 중요하다네. 상징성이 강한 자리들이라서 말이야."

"최선을 다하겠습니다."

"그래주시게."

대통령이 일어섰다. 국빈을 맞아야 할 시간이라고 했다. 강토와 장철환은 자리에서 일어나 대통령에게 예를 갖추었다.

"매번 걱정이 되시는 게야."

다시 의자에 앉으며 장철환이 말했다.

"……."

"기분은 어떠신가?"

"담담합니다."

"진행은 어떻게 준비해 드릴까?"

"세 분씩 두 번이 좋겠습니다."

"직접 하시겠나?"

"어쩔까요?"

"직접 나서면 부담스러울까봐 여쭙는 것이네."

"이제는 정공법밖에 없지 않습니까?"

"그렇긴 하지. 이 대표의 존재는 이제 아는 사람은 다 아는 눈치이니……."

"준비되었으면 시작하시죠?"

강토는 남은 차를 다 마시지 않았다. 좋아하는 것이 아니니 무리하고 싶지 않았다.

금융위원장, 공정위 위원장, 감사원장.

세 사람이 먼저 자리에 모였다. 그들은 육 비서관에게 간단한 브리핑을 받았다. 그래서 처음부터 굳은 얼굴이었다. 달가울 리 없는 자리였다. 하지만 국무위원들의 검증이 끝난 마당이었다. 그 발표는 상당수 국민들의 지지를 받았다.

—5급 이상 전부 다 검증하라.

—아예 검증법을 제도적으로 도입하라.

여론이 그렇게 흘러가자 누구도 반발하기 어려운 일이 되고 말았다.

그런데!

사실 피검증자들에게는 탈출구가 보장되어 있었다. 바로 '사표'였다. 뒤가 구린 사람은 물론이고 그렇지 않은 사람도 사표를 냈다. 작금의 현실이 서글프다면 그만이었다. 그 사표가 오늘도 나왔다. 공정위 위원장 나동섭이었다.

"공직자의 의무로 이 자리까지는 왔습니다. 그러나 결과에 상관없이 나는 사표를 내겠습니다."

그는 선 사표를 던져놓았다.

짝짝짝!

강토는 마음속으로 박수를 보냈다. 이런 공직자의 기개를 보고 싶었다. 정당하게 직무를 수행하는 사람이라면 당연히 이렇게 나오는 게 옳았다.

검증은 차례차례 행했다. 장철환이 배석한 자리였다. 오늘은 청와대에서 선발한 검증참관 희망자를 두 명 덧붙였다. 공허 스님과 바실리오 신부가 그들이었다.

첫 주자로 금융위원장이 들어왔다. 비서관이 자리 착석을 도왔다. 강토가 나섰다. 예를 갖추고 눈을 감게 했다. 그리고 부드러운 목소리로 최면을 유도하듯 말했다.

"마음을 편안히 하세요. 행복했던 순간이나 즐거웠던 순간을 생각하면 도움이 될 겁니다."

매직 뉴런이 날아갔다.

철컹!

뉴런이 막혔다. 그의 상의 깊은 곳에서 지심철이 느껴졌다. 은재구의 사람이었다. 몸을 돌린 강토가 천심철을 꺼내들었다.

"눈을 뜨세요. 이분은 뇌파 독심이 불가합니다."

잠시 뜸을 들인 후에 강토가 말했다. 금융위원장은 보란 듯이 일어나 검증실을 나갔다. 복도로 나온 그는 검증실을 돌아보며 흡족한 미소를 머금었다.

'짜식……'

까불고 있어.

그가 속으로 중얼거린 소리였다.

물론, 검증실 안의 강토도 비슷한 소리를 안으로 삭혔다. 독심불가는 미끼에 불과했다. 강토는 이미 그의 뇌 속에 유영하는 은재구와의 비밀을 다 솎아냈던 것이다.

〈은재구〉

금융위원장은 지난밤에 은재구를 만났다. 연희동의 태국음식 전문점이었다. 거기서 세계적인 스프라는 똠얌꿍에 태국 돼지갈비 시콩무를 시켜놓고 태국 술 쌤쏨을 기울였다.

"걱정이 됩니다."

금융위원장이 말했다.

"나만 믿게."

은재구가 지심철 패드를 흔들었다.

"이게 정말 효과가 있을까요?"

"당연하지. 몸에서 떼지만 않으면 된다네."

"사람 미치겠군요. 내가 무슨 죄를 지은 건 아니지만 정권의 금융정책에 적극 협력하다 보면 피치 못할 과실도 있는 거 아닙니까?"

"그렇지."

"이거야 원… 별 해괴한 능력자를 데려다 생사람을 잡으려고 하니……."

"대통령이 노망이 나서 그러는 거 아닌가? 그 양반 완전히 맛이 갔어."

"그러게 말입니다. 공직자 신분에 우리가 나서 탄핵을 요청할 수도 없고……."

"지금 그런 분위기도 나오고 있네. 조금만 기다리시게."

"그런 분위기라면?"

"저들은 곧 자가당착에 빠지게 될 걸세. 그 시발점이 바로 위원장이시네."

"대안이 있으시군요?"

"정치가 달리 정치인가? 이렇게 되면 여야가 합세를 해서라도 정신병자들의 준동을 막아내야지."

"야당과도 공조가 되는 겁니까?"

"아니면? 이 검증이 여당과 정부에만 국한될 거 같나?"

"종국에는 탄핵으로?"

"못할 것도 없지. 아니면 그걸 내세워 재갈을 물릴 수도 있고."

"좀 그래주십시오. 이건 뭐 헌법에도 없는 방법으로 사람들을 닦아세우니……."

"조금만 참으시게. 우리 세상이 가까이 왔으니……."

은재구의 미소가 섬뜩하게 빛났다.

─우리 세상!

─그리고 야당과의 공조로 탄핵!

밥맛이 뚝 떨어지는 단어들이었다. 계속 금융위원장의 비리를 뒤졌다. 그는 머리가 좋았다. 대통령의 정책에 발을 맞추는 척 하면서 반사이익을 은재구 라인에 밀어주었다. 그들 라인은 은재구에게 집단 충성을 약속했다. 즉, 다음번 대선에서 은재구가 나오든, 아니면 은재구가 미는 후보가 나오면 물심양면 지원하겠다는 뜻이었다.

제도적 비리에 이어 개인적 비리도 많았다. 금융권에서 비밀 아지트로 쓰는 요정이 나온 것이다. 그곳에서 수차례 접대를 받았다. 아가씨와 잠도 잤다. 예약된 호텔 이름과 날짜를 강토는 잊지 않았다.

다음으로 감사원장이 들어왔다. 큰 비리는 없었다. 인사 비리 정도가 나왔지만 자신을 위해 희생한 부하의 승진을 당겨 준 정도였다. 문제 삼을 일이 아니니 패스했다.

이어서 공정위원장 차례가 되었다. 그의 공직생활은 한마디로 '공정'했다. 전임 공정위 위원장보다 더 적합한 인물이었다. 매사에 투명했고 원칙을 지켰다. 덕분에 오해도 많이 받았다. 처음 몇 번은 국실장들에게 항의도 받았다. 너무 투명하니 위원장이 뇌물상납을 바라고 깐깐하게 군다고 오해를 했던 것이다. 한마디로 그는 대한민국 공정위 위원장에 딱 어울리는 인물이었다.

〈은재구〉

〈서철상〉

두 이름을 넣어보았다. 은재구가 나왔다. 자기 사람으로 만들려는 추파의 자리였다. 위원장은 은재구가 제시한 친선 단체 참석을 거절했다. 친목은 좋으나 직무상 연관성의 오해가 있을 수 있다는 게 거절이 이유였다.

　서철상도 비슷했다. 그러나 그는 위원장의 고교 2년 선배였다. 그렇기에 이런저런 모임에서 마주칠 기회가 있었다. 그 덕분에 서철상 라인이라는 오해를 샀다. 그뿐이었다.

　"끝났소?"

　강토의 멘트가 나오자 이 물었다.

　"예."

　"사표를 내도 되겠소?"

　"예?"

　"해임이나 파면의 문제는 없나 묻는 것이오."

　위원장이 묻자, 강토가 장철환을 돌아보았다.

　"이거 말이군요."

　장철환이 사표를 들어보였다. 위원장에게 다가온 장철환은 사표를 반으로 찢었다.

　찌익!

　"무슨 짓이오?"

　위원장이 묻자 장철환이 허리를 조아렸다. 강토도 따라했다.

　"왜들 이러시오?"

　돌연한 상황에 위원장이 소스라쳤다.

　"기분을 상하게 해서 죄송합니다. 하지만 구국의 길이기에 어쩔 수 없이 행한 일이니 노여움을 푸시기 바랍니다. 위원장님 같은 분이 자리를 박차시면 이 나라의 앞날이 광명스러울 리 없습니다."

"열심히 일하고도 싸잡아 본질까지 의심받는 형편 아닙니까? 이런 환경에서는 일할 수 없습니다."

위원장은 자신의 입장을 강변했다.

"한 번은 겪었어야 할 일입니다. 청렴하신 분들에게는 송구한 일이지만 대신 그 대열에 무임승차해서 사리사욕을 채우는 인사들을 골라내고 있으니 양해를……."

"진심이오?"

"우리 이 대표께서 말하길, 위원장님만은 자리를 지켜야 한다고 간청을……."

"이 대표?"

위원장의 시선이 강토에게 건너왔다.

"따지고 보면 나도 흠, 허물이 많은 사람이오. 그런데 이 사람이 쓸 만하다고 생각했다면 당신의 검증 능력도 별거 아니구려?"

응?

놀란 강토가 고개를 들었다. 위원장이 직격타를 날려 온 것이다. 오히려 강토를 공박하는 위원장. 전에 없는 일이 일어나고 있었다.

"실국장들과의 정책적 반목이나 정체불명의 여행권을 형편 어려운 직원들에게 나눠준 걸 말씀하시는 거라면 언론에 공표를 해도 크게 문제가 되지 않을 일입니다."

"가정에는 폭군이오, 아이들에게는 냉혈한인 건 어찌하려오? 가화만사성조차 실행하지 못하는 무능한 인간이라오."

"가정에 폭군인 것은 직무를 몸소 챙기느라 소홀한 것이니 어쩔 수 없는 일이고 자식들에게 냉혈한인 것 또한 사사로이 정을 쏟다 보면 직무에 차질이 생길까 경계한 것이니 그건 국가가 책임질 일이라고 생각합니다."

"허어, 그렇게 느슨하게 해석을 해서야 어떻게 제대로 검증을 하겠습니까? 공직자가 되고 보면 큰 죄도 죄이고 작은 죄도 죄이니 가차 없이 처리를 하시오."

공정위 위원장, 오히려 강토를 검증(?)하고 있었다. 가슴 한편이 뜨끔하면서도 행복해졌다.

이 나라 대한민국!

5천 년을 지켜온 무궁한 역사. 바로 이런 강단을 가진 공직자가 있기에 가능했던 것이 아닐까?

"정히 사표를 내신다면 저도 무능함을 인정하고 여기서 손을 떼겠습니다."

강토도 배수의 진으로 맞섰다. 이미 마음의 결정을 내린 대쪽 같은 공정위 위원장. 그의 마음을 돌리려면 그럴 수밖에 없었다.

"이 대표 아직 서른 전이지요?"

위원장이 물었다.

"예……"

"그럼 한 가지만 약속해 주시오."

"말씀하시죠."

"빠른 시일 내에 우리 공정위에 오셔서 국과장급 이상 간부 대표를 검증해 주시오. 그걸 약속하면 이 사람의 사표를 거두겠소."

"약속하죠."

"물론 의뢰비는 여기 장 수석에게 물어 상응하게 마련해 드리겠소. 어떻소? 예산 낭비라고 나중에 감사원 등을 밀어 족치지 않을 거죠?"

강토를 보던 위원장의 시선이 장철환에게 옮겨갔다.

"족치다뇨? 그럴 리가 있습니까?"

"장 수석을 믿고 가겠소."

위원장은 그 말을 남기고 나갔다.

짝짝!

참관한 스님과 신부님이 박수를 보내왔다.

"감동입니다. 역시 우리 대한민국, 희망이 있어요."

공허 스님은 그가 나간 후에도 박수를 멈추지 않았다.

휴식 시간이 주어졌다. 강토는 스님, 신부와 대화를 나누었다. 신부는 뇌파에 관심이 많았다. 그 자신도 시험을 원했다.

"딱 한 가지만 말씀해 보시죠."

강토가 말했다.

"내 첫사랑의 이름!"

신부가 웃었다.

"마리아 님!"

강토, 잠시 그럴 듯한 모션을 취한 후에 즉답을 내놓있다.

"찍은 거 아닌가요?"

"여섯 살 때네요. 그때 이모를 따라 처음으로 성당에 갔죠? 그때 마리아상 밑에서 놀다 이름을 부르는 소리를 들었어요."

"……?"

"은상아, 은상아!"

"……?"

"만약 사람으로서의 첫사랑을 원하신다면 그건 강유라입니다. 중학교 2학년 때였군요."

"아이고, 하느님 아버지!"

신부는 두 손으로 강토를 잡았다. 그야말로 의심할 바 없는 검증(?)이었던 것이다.

"다시 시작할까요?"

복도에서 육 비서관이 손을 흔들었다. 비로소 빅 쓰리를 검증할 시간이었다. 대한민국 권력의 세 축, 검찰총장, 경찰청장, 국세청장······.

'까짓것 대통령 뇌도 들여다봤는데······.'

강토는 스스로의 마음을 다잡고 돌아섰다.

첫 주자로 국세청장이 들어왔다. 고차원적인 비리를 가지고 있었다. 그는 자신의 손에 피를 묻히지 않았다. 승진인사를 적극 이용했다. 국세청 안에 자기 라인을 만들고 아래서 올라오는 보고서를 활용한 것이다.

─세무조사!

전가의 보도였다.

사실 현대 사회에서는 경찰이나 검찰의 칼보다 두려운 칼이었다. 검경에 불려가면 개인의 내상으로 끝난다. 하지만 세무조사의 칼에 맞으면 기업의 수장도 박살 나고 기업도 내리막을 그리기 십상이다. 그렇게 역사 속으로 사라진 기업은 흔하고 흔했다.

괘씸죄!

여기 주로 적용되는 죄목이었다. 대한민국 법전에는 나오지 않는 죄. 그러나 그 어떤 처벌 항목보다 자주 남발되었던 죄. 그래서 기업들은 보험을 들고 있다. 대선의 계절은 그들에게 기회이자 악몽의 시간이다. 기회라는 것 역시 불손한 단어였다. 정권의 입맛과 프로젝트에 따라 몇 업종은 활황이 될 수 있었다. 예컨대 건설 붐을 일으키는 대통령이 나오면 건설 관련업이 성장한다.

악몽은 그 외의 기업들에게 해당될 수 있다. 5년의 가뭄(?)을 견뎌야 하는 것이다. 그래서 여야 대선 후보들에게 공히 보험금을 배팅한다. 당선 가능성에 차이를 둔다. 오래전부터 밀상의 관계를 가졌다면 새로운 선을 대야 한다. 그렇지 않다가 새 정권의 성장 동력이나 전략적 정책사업에서 빠지게 되면 존폐의 기로에 설 수도 있기 때문이었다.

미국의 대선 후보 트럼프!

그가 좋은 실례이다. 사람들은 그가 대선 후보가 될 줄 몰랐다. 그런데 예상을 뒤엎고 후보 1순위에 올랐다. 그러자 한국을 비롯한 국가에서는 그의 대선 캠프에 줄을 대려고 안간힘을 쓰게 되었다. 트럼프 캠프의 집권 시나리오를 모르면 낭패를 당할 수 있는 까닭이었다.

그런데 괘씸죄는 정권에서만 쓰는 단어가 아니었다. 각계각층의 갑들이 다 선호하는 단어였다. 사실 이 책을 읽는 당신도 누군가의 갑이다. 다만 모르고 있을 뿐.

국세청장의 괘씸죄 처벌권 또한 시퍼렇게 살아 있었다. 정권의 눈 밖에 난 기업을 골랐다. 심복들에게 넌지시 압박을 지시했다. 화두에 오른 기업은 알아서 기었다. 심복들은 알아서 뒤처리를 했다. 문제를 제기하는 직원들은 한직으로 내몰거나 내부 감찰 자료를 이용해 눌렀다. 그렇게 챙긴 돈이…….

—5억짜리 세 번에.

—10억짜리 두 번.

—그리고 20억짜리 한 번이었다.

기타 등등 들어온 고가의 선물은 차마 헤아릴 수가 없어 체크하지 않았다. 양주는 합치면 화물 트럭으로 몇 대, 한우 갈비는 한우 농장을 차려도 남을 정도였다.

돈의 3할은 은재구에게 넘겼다. 은재구는 그에게 〈공천〉을 보장해 주었다. 그 자리에서 마음에 들지 않는 기업의 명단도 건네주었다. 괘씸죄의 하청이었다.

—손 좀 봐줘.

그 말이 아닌가?

'사표는 당신이 내야겠군.'

생각과는 달리 강토는 힘에 부친 듯 엄살을 떨었다. 계략 위의 계략이었다.

"올곧은 분이라 뇌파가 안 통합니다."

강토, 포기를 선언했다.

'역시 은 의원님!'

국세청장은 존경스러운 마음을 머금고 퇴장했다.

이어진 경찰청장과 검찰총장의 비리는 오십보백보였다. 인사 청탁으로 돈을 받았고, 사건 무마로 청탁을 받았다. 청탁자들 중에는 권력자가 절대 다수. 나머지는 인친척인 경우도 있었다.

비리를 하나하나 정리했다. 그러다가 알게 되었다. 권력형 공무원들의 비리가 직급에 따라 어떻게 변화되는지.

경찰청장의 경우는 초급간부로 임용이 되었다. 요즘으로 치면 경위였다. 처음에는 사소한 청탁을 받았다. 친한 업소에 단속을 알려주고, 폭력 사건 등이 발생했을 때 사전 합의 종용이나 조서를 잘 써주는 정도. 그러다 승진하면서 격(?)이 높아졌다. 그에게 청탁을 하는 사람들의 지위와 환경이 변한 것이다.

마침내 경찰청장이 되자 소소한 청탁은 멸종되었다. 이제 그에게 청탁을 하는 건 정치권이나 재력가 쪽이었다. 그 안에는 청와대 인물도 있었다.

검찰총장의 이력도 유사했다. 초임 검사 때 들어오는 청탁과, 부장검사가 되었을 때의 청탁 체급은 아주 달랐다. 그 안에서 큰 덩어리가 튀어나왔다. 부장검사 시절에 초대박 비리를 저지른 것이다.

당시 그에게 신생 벤처기업의 투서가 쌓였다. 세금 포탈을 시작으로 공금유용과 횡령 등의 뇌물 등의 문제였다. 그는 수사에 착수했다. 하지만 수박 겉핥기를 하고 기업에 면죄부를 주었다. 수사를 하지 않을 수도 있었지만 한 번 건드려줌으로써 안전판을 만들어 준 것이다.

기업에서 돈뭉치를 보내왔다. 당시 돈 5억이었다. 기업 주가와 관련된 정보도 알려왔다. 총장은 그쪽에서 보낸 돈으로 그쪽 회사의 비상장 주식을 매입했다. 와이프 명의였다. 얼마 후에 주식이 상장을 했다. 초대박을 쳤다. 여섯 배 가까이 올랐지만 팔지 않았다. 기업은 경쟁사들을 밀어내고 승승장구했다. 주식은 몇 년 만에 스무 배로 뛰었다.

당시 그 기업의 사장이 총장의 대학 후배였다. 잘 모르는 사이였다. 같은 과도 아니기 때문이었다. 하지만 그 사장이 총장의 선배를 알고 있었다. 그 선배가 다리를 놓았던 것이다.

'이런 사람 키워야지.'

선배의 말이었다. 총장은 그 제의를 받았다. 그리고 자기 재산을 훌쩍 키워놓았던 것.

푸헐!

말도 나오지 않았다.

펑펑!

빅 쓰리의 검증이 끝나자 또 기자회견이 이어졌다. 처음보다는 나았다. 그때처럼 물고 늘어지지는 않는 까닭이었다. 그때와 다른 건 장철환이 나섰다는 거였다. 강토는 두 참관인과 함께 배석만 한 상태였다.

"검증은 무탈하게 끝났습니다. 결과는 몇 가지 확인 후에 이틀 후에 발표하겠습니다."

"사표를 낸 사람이 있습니까?"

기자들의 질문이 시작되었다.

"아직은 없습니다."

"여섯 명 중에 뇌파가 안 통한 사람은 몇입니까?"

"세 분입니다!"

"이름을 밝혀주실 수 있습니까?"

"그건 곤란합니다."

"국회에서 검증자 이강토 대표에 대해 국제공인기관의 능력 검증을 요구하는 목소리가 나오던데 어떻게 생각하십니까?"

"합리적인 제의가 들어오면 검토할 용의가 있습니다."

"이강토 대표 생각입니까? 정부 생각입니까?"

"둘 다라고 보셔도 좋습니다."

장철환은 회견을 마감했다.

"……."

집무실에서 마주 앉은 장철환의 표정이 무거웠다. 두 사람의 결과 때문이었다. 금융위원장과 국세청장. 오늘 강토가 확실하게 비리를 찍어준 건 검찰총장뿐. 정작 관건으로 꼽던 은재구 라인에게는 전혀 소득이 없었던 것이다.

그러나 강토가 누구인가? 중국까지 가서 쑤찬을 만나고 온 바였다. 비방을 받아가지고 온 바였다.

"장 고문님!"

강토는 따로 정리한 메모를 내밀었다. 그걸 받아든 장철환이 비로소 미소를 머금었다.

"있었군?"

"예."

"역시… 지난번에 귀띔을 들었지만 뇌파가 안 통한다기에 철렁했다오."

"……."

"그럼 이번에 공식적으로 안 통한 사람은 감사원장뿐이군?"

"아닙니다. 실은 그분도 통했습니다."

"그래?"

"하지만 100%라면 오히려 신뢰가 떨어질 것 같아……."

"하긴 아까의 이 대표 태도로 보아서는 분명 검증이 된 것 같았는데……"

"최고의 공직자십니다. 그분만은 반드시 잡으셔야 할 것 같습니다."

"다행이야. 그나저나 검찰총장 이 친구는 간도 크군."

"그런데 국회에서 저를 검증한다는 말은 뭡니까?"

강토가 물었다.

"저들의 발악이지. 아마 국제 학회 같은 곳을 뒤져 자기들 주장을 관철할 수 있는 방편을 찾는 눈치네. 이 대표의 검증을 정신 광란이나 로또의 경우쯤으로 몰고 가고 싶은 거겠지. 우연의 일치 말일세."

"……."

"걱정 마시게. 이 대표의 능력은 정신병이 아니지 않나? 이 대표의 독심이 빗나간 적은……"

거기까지 말하던 장철환이 뒷말을 흐렸다.

"무슨 일이 있습니까?"

"그게……"

"……?"

"이 대표의 검증이 빗나간 케이스가 있기는 하네. 하지만 시간 차이라고 보네. 저들이 증거를 인멸해 버리는 경우……"

"청와대의 확인 절차에서 말입니까?"

"검증 결과의 확인이니 범죄하고는 다르지 않나? 게다가 혐의자들을 동시다발적으로 할 수도 없고. 그래서 상황에 따라 점검 중인데…….”

“반 검사님이 맡았습니까?”

“사안에 따라 다르네. 그런데… 조금이라도 엇나간 경우는 전부 반 검사 쪽이야.”

“……?”

“그렇잖아도 내가 반 검사 만나서 점검 중이니까 걱정 마시게. 나는 자네 능력을 믿어 의심치 않는다네.”

“예…….”

“오늘도 수고하셨네. 은재구 쪽 움직임이 나오면 바로 연락을 드리겠네.”

“알겠습니다.”

“의뢰비는 내일 중으로 결재가 될 걸세.”

“예!”

인사를 마친 강토가 주차장으로 향했다. 기다리던 문수가 노트북 화면을 열어보였다. 속보였다. 국회의원 수십 명이 국회에서 기자회견을 연 모양이었다.

〈초유의 사이비 검증에 대한 국회의 입장〉

그들 뒤에 하얀 현수막이 보였다.

은재구가 강공으로 나선 모양이었다. 지지자들 중에는 서철상과 윤건웅이 보였다. 3당 대표와 여야의원 대표자들도 보였다. 그들의 주장은 아까 기자들에게 들은 것과 유사했다.

〈뇌파 검증의 적법성 검토 필요〉

〈국제검증기관의 검증 필요〉

국회가 맞승부를 띄운 것이다. 우리를 검증하려면 너부터 국제 공인을 받아라. 그 말이었다.

제3장
검증의 검증

"우리는 작금의 정치 불신 사태에 대하여 우려를 금치 못하거니와 불손한 세력의 준동에 국무위원까지 동참시킨 배후를 우려하는 바이다. 국가의 정무를 주관하는 국무위원을 합법도 아닌 해괴망측한 검증대에 올린 일은 역사의 수치로 남을 것이며 이러한 불순 검증법을 내세워 국회까지 압박하며 국론 분열을 획책하는 배후 세력들은 준엄한 심판을 받게 될 것을 엄중 경고한다. 나아가……."

야당 대변인의 결의문 낭독으로 속보가 끝날 무렵 장철환과 육 비서관이 다가왔다.

"이거 보았나?"

장철환이 PDA 화면을 보였다. 방금 전 강토가 보던 그 화면이었다.

"보았습니다만."

강토가 대답했다.

"그러셨군. 대통령께서 자네 의중을 알아보라기에……."

"의중이라면?"

"기자회견이 끝난 후에 바로 당 대표에게서 전화가 왔다네. 국회까지 압박하는 이 검증을 중지하든지 아니면 자기들이 정하는 기관에서 자네 능력의 신빙성을 검증부터 받으라는 거야."

"단체 이름은 '월드 초능력 학회'입니다."

육 비서관이 부연 설명을 했다.

"월드 초능력 학회?"

강토가 육 비서관을 바라보았다.

"초능력에 관심이 있는 유대인들이 주축이 되어 만든 단체인데 본부는 뉴욕이 있습니다. 정치적인 사건까지 개입한 전력이 있는 단체인데… 지금 여러 라인을 통해 정보를 면밀하게 모으고 있는 중입니다."

"……."

"어떤가?"

이번에는 장철환이 물었다.

"……."

"부담스러우면 거부하시게. 사방에서 압박이 들어오자 제
발 저린 의원 몇이 선동을 한 거야. 이 대표의 검증 신뢰도는
큰 문제가 없으니 일일이 대응할 필요 없네. 국민들 여론도 나
쁘지 않고."

"다른 옵션도 왔나요?"

"있긴 하네만."

장철환이 대답했다.

"뭐죠?"

"은재구에게서도 연락이 왔다더군. 국제적 검증에서 실효
성을 확인받는다면 은재구를 비롯한 정당 대표들이 솔선해서
국회 공개검증에 임할 용의가 있다고."

은재구!

어쨌든 솔깃한 제의가 나왔다.

"……!"

"미끼지. 자네 자격 시비가 먹혀서 검증 정국이 종결되면
그건 은재구의 공이고, 설령 검증이 진행되더라도 국회에서
면죄부를 받고 상황을 자기 쪽으로 몰고 가고 싶은 거지. 이
후로 당특위 같은 걸 마련해서 공천위원회를 조직하고 당 대
표를 거머쥐겠지. 이제 선거 일정이 다가오니까."

"제가 거절하면 어떻게 됩니까?"

"그럼 앞으로 진행되는 자네의 검증에 대한 정당성을 부인할 거야. 종국에는 정정련보다는 청와대를 겨냥하겠지. 퇴임 후를 계산한 청와대의 정치 압박이자 술수로 몰아가면서……"

"장 고문님이 사표 내게 될 지도 모르겠군요."

"사표는 늘 준비되어 있다네."

장철환이 주머니에서 봉투를 꺼내보였다.

'은재구……'

강토는 그 얼굴을 떠올렸다. 그가 방패막이로 쓰고 있는 국회의원이라는 신분과 대통령과의 밀실 계약…….

"야당도 전부 가세한 건가요?"

"야당이라고 다 청정한 사람들은 아닐 테니까."

"이를테면… 우리 밥그릇은 건드리지 말라?"

"권력이라는 게 그런 속성을 가지고 있다네."

"다섯 명!"

"다섯?"

"맨 처음, 정정련과 제가 권력층의 비리를 밝혀보자고 할 때 세웠던 숫자입니다. 3당 체제에서 여당 두 명, 야당에서 둘과 하나……."

"그래서?"

"동시 검증을 역제의해 주십시오. 제가 국회에 나가 그들이 원하는 검증을 받되 신빙성에 문제가 없다고 나오면 그 자리에서 여당의 실세들과 야당의 실세들이 즉석 검증을 받는 조건으로!"

―전광석화의 받아치기.

강토도 승부구를 날렸다.

"……?"

"여당의 실세는 당 대표와 은재구, 윤건웅, 김무혁, 서철상, 석귀동 의원, 야당은 곽중일 내일당 대표와 전임대표 박기완, 모두의 당 길경환 대표 정도… 처음 생각한 것의 두 배 정도면 될 것 같습니다."

"아예 맞짱을 뜨자는 건가?"

놀란 장철환은 입을 다물지 못했다.

"어차피 거부하면 온갖 이유를 들어 모함해 올 거 아닙니까? 아니면 저를 국회 청문회에 세워 난도질을 하든지."

강토는 주저가 없었다. 상대가 판을 깔아준다면 그 안에서 공연을 끝내는 게 좋았다.

"우리 옵션을 저들이 받아들일까?"

"응하더라도 속셈이 있을 겁니다."

"속셈?"

"3당 대표가 나선 걸 본 물밑 조율이 있었겠지요?"

"은재구가 산파 역할을 한 모양이더군."

"아마 초능력 학회를 섭외한 것도 은재구 쪽일 겁니다. 나름 저를 무력화시킬 방안을 찾았겠지요. 어쩌면 검증을 내세워 제 능력의 무력화를 시도할 지도 모릅니다."

"사전에 검증 방법을 요구해서 절충하면 되지 않는가?"

"그게… 제가 하고 있는 권력층 비리 검증도… 일반인의 상식으로는 이해할 수 없는……."

강토가 말문을 흐렸다. 초능력 뇌파를 통한 비리 검증과 그에 맞서는 초능력에 의한 초능력자 검증… 자칫하면 세계의 조롱거리가 될 수도 있었다.

"아무튼 은재구는 응할 겁니다. 그러니 제 조건을 붙여 딜을 성사시켜 주십시오!"

강토는 확신했다. 빅 쓰리 검증이 끝난 이후에 기자회견을 한 게 증거였다. 국세청장의 보고를 들었을 것이다. 강토가 그를 검증하지 못했다는 것!

그는 이제 지심철의 효과를 맹신하고 있을 게 분명했다. 그가 미는 두 핵심 인물이 강토의 검증 예봉을 피했기 때문이다.

그는 아마 두 가지 방책을 마련했을 것 같았다.

─초능력 학회 사람들로 하여금 강토를 무력화시킬 수 있는 방법 모색.

─안 되면 지심철 패드로 면죄부 받기.

그의 입장에서 보면 두 번째는 이미 보장된 일. 그러니 밀져도 이익이 되는 장사였다.

'어차피 바랐던 일.'

어찌 보면 은재구가 강토의 미끼를 문 일일 수도 있었다. 그러니 피할 생각은 없었다.

해보자고!

강토의 눈 속에 푸른 전의가 이글거리기 시작했다.

이제 국회는 완전하게 두 파로 나뉘었다. 강토의 뇌파 검증에 응하자는 국회의원과, 사이비 검증에 국회까지 놀아날 수 없다는 부류가 그것이었다.

혼란을 틈타 은재구의 장관 3인방도 공동 기자회견을 자처하고 나섰다. 강토의 검증에 문제점을 제기한 것이다.

―최면에 당했다.

―의지 저항 불능 상태에서 진술을 강요당했다.

요지는 그랬다. 이미 자신의 과오를 인정하고 사표를 냈던 사람들. 그럼에도 시류에 편승해 그 잘난 명예회복 기회를 노리고 있었다. 은재구의 눈에 들기 위한 발악이었다. 은재구가 당권을 잡기만 하면 그들은 공천이라는 훈장을 거머쥘 수 있기 때문이었다.

그러나 그들의 준동은 한나절도 가지 못했다. 정정련이 긴급 기자회견을 통해 강토가 넘겨준 비리를 폭로해 버린 것이다.

─국토위 소속 H 의원, 내연녀의 요정을 통해 축재. 내연녀와의 사이에 8세 딸을 두기도.

─G 의원, 건설사로부터 금괴 5개 수수 및 보좌관 네 명의 월급을 사기업에 떠넘겨!

"국회가 비리 의원으로 지목된 의원들의 검증을 조직적으로 방해할 경우 심각한 국민적 저항에 부딪칠 수 있으며 특권으로 무마하려하면 정정련에서 입수한 52명 비리 의심 혐의 의원의 명단을 전격 공개할 수도 있다. 정부도 검증에 응하는 마당이니 국회는 특권 뒤로 숨지말라!"

공허 스님의 목소리는 사뭇 비장하기만 했다.

그 뒤를 이어 특집 뉴스가 이어졌다. 강토가 지목한 요정이 나오고 내연녀가 나왔다. 일부 비리 제보에 대한 검증 취재였다.

"홍 의원님은 오시면 밀실에서 사장님과만 있다 가셨습니다."

밀실이 화면에 나왔다. 침대가 놓인 곳이었다. 안에는 욕조까지 갖춰져 있었다.

"하루 매상은 대략 1억 정도 됩니다. 우리 손님들은 거의 다 현금으로만 결제하십니다."

모자이크 처리된 종업원들의 증언. 최근 삼 년간 낸 세금에는 하루 매상이 꼴랑 1천만 원 미만이었다. 나머지는 전부 탈세로 의심되는 인터뷰였다.

거기에 내연녀의 측근을 통해 확인한 독일 주소에서 특파원이 이웃의 증언까지 붙여놓았다. 홍 의원이 오면 아이가 아빠라고 부른다는 말.

G 의원도 마찬가지였다. 그의 보좌관 중에서 퇴직한 사람을 수배한 방송이 작태를 낱낱이 까발겨 주었다. 금괴 또한 그걸 제공한 기업의 임원을 불시 취재한 화면을 내보냈다.

그 쾌거는 송재오 차장과 반석기의 합작품이었다. 홍선태는 국회의원이지만 내연녀는 아니었다. 공승 역시 국회의원이지만 보좌관은 아니었다. 더구나 그만둔 보좌관… 그렇다면 검찰이 나서지 못할 이유가 없었다.

―방송사 취재!

―방송사와 검찰의 합동 조사!

체감온도부터 다르다. 퇴직 보좌관은 한껏 쫄았다. 검찰까지 나서자 강토가 체크하지 않은 비리까지 죄다 불어버린 것이다.

거기에 반석기의 작품이 더해졌다.

강토의 뒤통수를 친 세 장관에 대한 전격 압수 수색이었다. 고맙게도 그들 또한 국회의원이 아니었다. 그러니 불체포 특권이나 면책 특권 같은 건 걱정하지 않아도 되었다. 청와대의 재가도 있었다.

수사의 포커스는 유동국이었다. 게임 회사와의 밀착 관계부터 시작되었다. 그에게서 받은 거액의 판돈으로 벌인 도박판. 베네시안 카지노의 브로커는 유동국을 또렷하게 기억하고 있었다. 그에게서 국내 브로커의 연락처를 넘겨받은 반 검사는 그를 전격 체포해 관련 사실 일체를 자백받았다.

물론 거기에는 반 검사의 지략이 결정적 역할을 했다. 정권을 믿고 버티는 브로커. 그의 또 다른 비리를 찾아 맞교환을 했던 것이다.

사이비 벤처기업인들 해외 성매매 알선.

그의 또 다른 모습이었다. 정부는 벤처기업 육성에 열성적이다. 하지만 교묘하게 요건을 갖춰 지원금을 우려먹는 인간들이 있었다. 그들이 찍은 신인 연예인들을 수배해 짝짓기 여행을 보낸 것이다. 그들은 브로커의 또 다른 밥줄.

하나를 버릴 것이냐 열을 버릴 것이냐?

반 검사의 압박에 브로커는 하나를 버렸다. 그게 유동국이었다.

다음에 보인 화면은 외제차 시트였다. 가죽 시트를 찢자 100달러 뭉치가 쏟아져 나왔다. 마지막은 아들의 병역 비리가 장식했다. 당시 친구의 MRI로 면제를 받은 사진을 찾아내 사람이 다르다는 진단을 받아냈다. 구속 사유는 그것으로 충분했다.

진남일과 우경만 역시 반 검사의 영장을 벗어나지 못했다.

셋은 다시 입을 모아 변명을 일삼았지만 국민들의 마음은 그들을 떠난 후였다.

이어진 화면은 김무혁과 배현세 등의 국회청정 선언파 의원들이었다. 그들은 정치 불신을 타파하기 위해서라면 모든 것을 불사하겠다고 천명했다. 비리 의심을 받고 있는 의원은 누구든 검증에 임하고 국회의 특권을 지방의회 정도로 조정할 것을 강조했다.

―특권 내려놓기.

그들은 진솔해 보였다.

뉴스의 흐름은 기가 막혔다. 민심의 폭풍 흡입. 잘 짜여진 시나리오처럼 시청자들을 빨아들이고 있었다. 은재구와 함께 나섰던 국회의원들에게 거친 역풍이 분 것이다.

'역시 조아인!'

강토는 그녀의 진행에 박수를 보냈다. 그리고, 그 진행을 도왔을 채 국장과 송재오에게도.

짝― 짝― 짝!

*   *   *

이틀 후에 강토는 차영아 박사를 찾아갔다. 장철환의 부탁 때문이었다.

"뇌 과학자가 한 사람 필요하네."

그 말을 들으니 몇 사람이 스쳐갔다. 장규리와 공진구, 김선국에 이어 차영아까지. 장규리와 공진구는 뇌과학연구소의 뇌 과학자들. 차일환의 밑에서 연구를 거든 사람들이니 뇌 과학자로서는 손색이 없는 사람들이었다.

하지만 강토는 차영아를 선택했다. 뇌과학연구소의 좋지 않은 기억들 때문이었다.

"머리는 좀 어떠세요?"

차영아가 물었다. 강토가 호소했던 머리의 이상을 기억하는 그녀였다.

"가끔 좀 멍한 느낌은 있는데 큰 지장은 없습니다."

"다행이네요."

"그건 그렇고……."

강토는 찾아온 목적을 설명했다.

"청와대 수석 비서관을 만나는 자리라고요?"

강토의 말을 들은 그녀가 눈을 동그랗게 떴다.

"조언이 필요하신 거 같아서……."

"뇌에 대한 조언이라면 쟁쟁한 분들 많잖아요. 길창문 박사님을 비롯해서……."

"길창문이요?"

강토가 고개를 들었다. 언젠가 반 검사가 그 이름을 거론

한 기억이 스쳐갔다.

"아세요?"

"그냥 유명한 분이라고만……."

"유명한 정도가 아니라 신적인 존재예요. '뇌에 들어온 신'의 선구자시거든요."

"뇌에 들어온 신이라고요?"

"왜 영적인 능력을 가진 분들 있잖아요? 그분들이 영적 최고 상태에 도달한 뇌 사진을 찍은 분이거든요. 그 순간 그분들의 뇌는 일반인과 어떻게 다른지……."

"어, 그런 것도 있어요? 저번에는 얘기 안 하셨잖아요?"

"그때는 이 대표님이 뇌파에 영향을 미치는 걸 원했잖아요."

"그러니까 어떤 특정한 상황에 처한 뇌 상태를 알아볼 수 있다는 거로군요. 예를 들면……."

"모세가 기적을 일으킬 때의 뇌는 어떤 상태인가. 무당들에게 신이 내릴 때는 어떤 상태인가. 혹은 초능력자들이 초능력을 쓰는 순간은 어떤 상태인가……."

"……."

"그건 원래 미국 NASA에서 흥미를 가지던 일이었어요. 하지만 그걸 구체화시킨 건 바로 길창문 박사님이시죠."

"굉장하신 분이군요."

"원래는 차일환 박사님과 쌍벽이세요. 두 분 다 뇌의 초능력에 대해 관심이 많으셨죠. 하지만……."

차영아가 말문을 흐렸다.

"왜요? 문제가 있나요?"

"길 박사님은 동남아시아 지역의 샤먼들이 접신하는 순간을 찍는 뇌를 논문으로 발표하고는 종적을 감췄어요. 지금은 죽었는지 살았는지도……."

"왜죠?"

"나도 모르죠. 워낙 남들 안 가는 길을 가시는 분이니 어쩌면 아마존의 밀림에서 또 다른 샤먼을 찾고 계신지 그것도 아니면 미얀마나 캄보디아 오지에 계신지……."

"그렇다면 잘 됐네요."

"뭐가요?"

"차 박사님을 제대로 찍었다고요."

"국회의원들 검증 문제예요?"

차영아가 먼저 물었다. 이제 강토의 검증은 국민들에게 회자되고 있을 정도였다.

"예, 아마 그 일일 것 같습니다."

"그럼 저보다 더 권위자를 찾아가셔야죠. 제가 뭘 안다고……."

"차 박사님보다 친절한 사람이 없을 거 같아서요."

"예?"

"제일 중요한 건 이거겠네요. 차 박사님보다 믿을 만한 사람이 없거든요."

"이 대표님!"

"동행해 주실 거죠."

"저는 정치는 싫은데… 정치와 엮여서 망가지는 과학자들 많이 봤거든요."

"그냥 이번만입니다. 그럼 되겠죠?"

"뭐 그러시다면……."

"그럼 가실까요?"

"잠깐요. 그래도 화장은 고쳐야죠."

차영아가 손사래를 쳤다. 강토가 깜박했다. 그녀 역시 천상 여자라는 사실.

차영아와 함께 장철환을 만났다. 반 검사도 동석했다. 조용한 냉면집의 내실이었다.

"어이쿠, 이런 미인이 오실 줄 알았으면 우아한 메뉴로 바꾸는 건데?"

차영아를 본 장철환이 너스레를 떨었다.

"모셔오느라 혼났습니다. 그러니 냉면은 곱빼기로 부탁합니다."

강토도 장단을 맞췄다.

잠시 후에 냉면이 들어왔다. 진짜 곱빼기로 네 그릇이었다.

"정신없지? 시원한 냉면으로 가슴 좀 식히자고. 차 박사님도 많이 드세요."

장철환이 일동에게 냉면을 권했다.

"은재구 쪽에서 연락이 왔습니까?"

강토가 물었다.

"왔네!"

"수락입니까?"

"그렇다더군. 그래서 믿을 만한 뇌 과학자를 모셔오라고 한 걸세."

"……."

강토는 들었던 젓가락을 내려놓았다. 마침내 결전의 순간이 허락된 것이다.

"반 검사!"

장철환이 반석기에게 눈짓을 보냈다. 그러자 반 검사가 자료를 내놓았다.

"월드 초능력 학회 실체야. 장 고문님 말씀이 아우님에게 필요할 것 같다고 해서 말이지."

반 검사가 강토에게 말했다.

"저도 좀 찾아보기는 했습니다만……."

"표면적으로 초능력 연구회, 이면에는 다소 불손한 전력이 있더군."

"불손한 전력이라면?"

"거기 회장이 염력으로 숟가락을 구부리는 사람인데 원래 무기 로비스트 출신이야."

'로비스트?'

강토가 고개를 들었다.

"그러니까… 초능력을 이용해서 각 거래나 국가 간의 이해 관계에도 개입을 하는 눈치야. 물론 거액의 수수료를 받으면서 말이지."

"……"

"은재구가 불손한 의도를 가지고 섭외한 게 틀림없어."

"어떤가? 이 대표!"

장철환이 강토를 바라보았다.

"실은 미국에서 반달전자 소송을 도울 때 유대인 초능력자와 붙은 적이 있습니다."

"그래?"

장철환과 반석기의 미간이 동시에 구겨졌다.

"굉장하더군요. 간신히 위기를 넘길 정도였습니다."

"그렇다면 위험하다는 얘기잖아?"

"그럴 수도 있지요."

"이 대표!"

"딜을 해놓고 꽁무니를 빼자는 건 아니겠지요?"

강토가 웃었다.

"그렇긴 하지만 목숨을 걸고 덤빌 수는 없어."

"그럼 편안히 누워서 이 모든 일을 해낼 걸로 생각했습니까?"

강토의 눈빛이 불꽃을 토했다. 허를 찔린 반석기는 아무 말도 하지 못했다.

"일이 어렵군."

장철환의 목소리도 무거워졌다.

"거꾸로 생각하시죠. 목적지가 가까워졌다는 것으로."

"목적지?"

"새벽이 오기 전이 가장 어둡다고 들었습니다. 그러니까…이 긴 여정의 끝이 가깝다는 것 아니겠습니까?"

"자신 있나?"

"저들의 검증법 응답은 받으셨나요?"

"세 명이 온다고 했네. 하지만 자네 검증에 나서는 건 두 사람이라더군."

"방법은요?"

"차 박사님!"

거기서 장철환의 시선이 차영아에게 건너갔다.

"예?"

"혹시 존 슈타인 박사라고 압니까?"

"존 슈타인이라면… 얘기는 들었어요. 세계적인 분이죠."

"역시 그렇군. 그 양반이 셋 중 한 사람이네. 또 한 사람은 초능력 학회의 최고 리더 크라이머, 마지막은 데이비스라는 초능력자… 일단은 약물 검사, 즉 도핑 테스트부터 하겠다더군."

차영아의 대답을 들은 장철환이 말을 이어놓았다.

'도핑 테스트?'

"혹시라도 이상한 약물을 먹거나 냄새를 흘려 사람의 판단력을 흐리게 한 후에 최면을 심는 건지 본다는 거야. 기억 조작을 확인하겠다는 거지."

기억 조작!

강토는 귀를 기울였다. 반대쪽에서 충분히 낼 수 있는 의견이었다. 실제로 미국 MIT 과학자들은 뇌에 가짜 기억을 심는 데 성공한 적도 있었다. 신경 과학계의 노벨상으로 불리는 '브레인'상 수상자들은 마릴린 먼로와 만난 기억을 뇌에 심을 수도 있다고 한 적도 있었다.

하지만 상관없었다. 강토가 하는 건 기억 조작이 아니었다.

"다음으로 뇌 MRI를 찍고 그쪽 초능력자들이 이 대표 뇌파를 검증해서 실제 이 대표의 뇌파가 타인의 독심을 할 수 있는 수준인지를 밝혀낸다고 하더군. 자세한 건 여기 있다네."

장철환이 노트북의 화면을 내밀었다.

강토는 화면을 보았다. 거기 뇌 사진과 함께 간단한 주석이 달려 있었다.

"그것 때문에 뇌 과학자를 모셔오라고 한 걸세."

장철환의 말을 들은 강토가 차영아를 바라보았다. 차영아는 화면을 자기 쪽으로 당겼다. 그곳에 적힌 내용을 본 차영아가 고개를 끄덕거렸다.

"간단히 말하면 전두엽과 두정엽을 정밀 검사하겠다는 얘기예요."

차영아가 뭔가를 꺼내들었다. 작은 뇌 모형이었다. 뇌에 대한 얘기가 나올 거라는 말을 듣고 따로 준비한 모양이었다.

"잠깐 보면서 설명할게요."

장철환을 바라본 차영아가 설명을 이어놓았다.

〈전두엽!〉

그녀가 먼저 짚은 건 뇌의 앞부분이었다. 그들은 전두엽의 이론을 검증의 화두로 내놓았다. 뇌파를 집중할 때 뇌 속에서 가장 먼저 보이는 변화는 전두엽의 활동이 증가하는 것. 바로 전두엽이 정보의 중계소 역할을 하면서 시상과 연결이 되고 그로 말미암아 어떤 대상에 집중할 수 있기 때문이었다. 이때 어떤 물체에 집중하는 상황이라면 측두엽 아래의 시각계도 두드러진 활성을 보인다.

동시에 강토 정도의 능력자라면 뇌 소견에서 전두엽의 두께가 일반인보다 두껍게 나와야 하는 것이다.

반대로 이런 집중의 경지, 즉 무아지경에 이르면 뒤통수의 두정엽 활동은 오히려 급격히 저하한다. 여기에 아세틸아스파틸글루탐산이라는 물질 검사가 수반된다. 이는 뇌에서 분비되는 신경 전달 물질의 하나. 일반적으로 물아일체에 이르렀을 때 분비되는 물질로 알려져 있다. 마라토너 같은 경우에 이 물질을 만날 때가 있다. 바로 '러너스 하이' 상태가 그때이다. 보통 35킬로미터 지점에서 만날 수 있는데 최고의 쾌감과 극도의 행복감을 통해 그냥 이대로 계속 달리고 싶다는 기분을 안겨준다. 이것들만 비교해도 강토의 능력을 가늠할 수 있다는 게 그들의 주장이었다.

"그럴 수도 있군요?"

차영아의 설명을 들은 장철환이 고개를 끄덕거렸다.

"사진과 신경 물질이라면 이론적 증명으로 부족하지 않지요."

차영아가 대답했다.

세계적인 과학자가 섞인 팀다운 방법이었다. 강토는 고개를 끄덕거렸다. 차영아의 말을 들으니 이해도 쉬웠다. 신뢰하는 사람이니 의혹도 들지 않았다.

하지만 강토의 관심은 그다음에 있었다. 바로 초능력자들의 검증법이었다.

"……!"

화면을 올린 강토의 눈이 또렷해졌다.

―초능력자들이 정한 〈주제어〉로 그들이 구성한 검증대에서 사례자 10여 명을 대상으로 착오 없이 능력을 구현하면 인정.

―단 주제어의 검증이 상이할 때에는 자연적, 인공적, 인적 변수의 영향을 받는다는 증거이므로 신뢰성을 인정하지 못함.

그 또한 나름 설득력이 있었다. 즉, 하나라도 틀리면 강토의 독심이 의심받게 된다는 뜻이었다.

―도핑 테스트!

―뇌 MRI!

―유대 초능력자들의 실제 검증!

세 가지 방 안의 그림이 전부 나왔다.

"어떠신가?"

장철환이 강토를 바라보았다.

"재미있겠군요."

강토가 웃었다.

"하핫, 우리 아우님 배포 하나는 기가 막히죠?"

반 검사도 웃었다.

"우리가 원하면 뇌 과학자는 참석을 시켜도 좋다는 말이 있었네. 10명 사례자 중에서 절반을 보내도 좋고……."

장철환이 남은 옵션을 말해주었다.

"사례자는 장 고문님께서 알아서 해주시고… 뇌 과학자는 차 박사님이 참석해 주시면 좋겠습니다."

강토가 차영아를 바라보았다.

"저는……."

차영아가 당황하는 게 보였다.

"부담 갖지 마시고 입회만 해주시면 됩니다."

"이 대표님!"

"부탁합니다."

강토는 차영아를 향해 고개를 숙여 보였다. 차영아는 더 거절하지 못했다.

"아, 이거 내가 다 피가 끓네. 과학 문외한이라 도와줄 수도 없고 말이야."

지켜만 보던 반 검사가 냉면 국물을 들이켰다.

회동이 끝나자 차영아부터 돌려보냈다. 레이디 퍼스트라기보다는 장철환의 남은 말 때문이었다.

"전에 청와대에서 사표에 대해 물었지 않나?"

장철환이 강토를 바라보았다.

"그건……."

"실은 오는 길에 대통령께 제출하고 왔다네."

"예?"

"물론 당장 처리되지는 않을 걸세. 이 대표의 국회 검증, 그리고……."

장철환은 하늘을 바라보며 뒷말을 이었다.

"김무혁 의원님의 당권 장악에 일조를 한 후에……."

"장 고문님!"

"어차피 때가 된 일이네. 여기저기 내가 배후로 회자되는 마당에 청와대에 있으면 대통령께 누만 될 뿐이네."

"……."

"처음부터 그랬지만 이 대표에게 달렸네."

"장 고문님……."

"이번 일을 부탁하네. 이 대표 말대로 잘만 넘어간다면 김무혁 의원께서 당권을 장악하게 될 걸세. 그렇게 되면 여당 소속 의원들은 자동적으로 비리 검증을 받게 될 거고… 나머지 야당들은 도미노지. 자네가 몇 이라도 두 얼굴의 의원들을 숨아낸다면 여론은 완전히 우리 편이 될 테니까."

"……."

"그때 마지막으로 한 번만 이 사람을 도와주시게."

"무슨?"

"김무혁 의원에게 무게감을 실어드려야 하지 않겠나? 그동안 추문을 멀리하신지라 대 국민 이미지가 좀 약한 면이 있다네."

"예……."

"북한하고 매칭시킬 생각이네. 대통령의 재가도 이미 받았어."

"북한과의 매칭이라면?"

"핵 폐기 말일세. 대통령 특사로 가서 그 묘수만 찾아낸다면 단숨에 압도적인 대선 후보로 부각될 수 있지."

"……!"

"그러기 위해서는 검증이라는 산부터 넘어야겠지?"

"그렇군요."

"여기까지 오느라 수고했네. 하지만 이번이 중요하네."

"최선을 다해보겠습니다."

"부탁하네!"

장철환이 손을 내밀었다. 강토는 기꺼이 그 손을 잡았다. 묵직하게 건너오는 장철환의 눈은 신뢰와 기대감으로 가득 차 있었다.

*   *   *

"사표까지 준비하실 줄은……."

장철환도 가버린 밤, 강토는 반 검사와 편의점 테이블에 앉았다. 술집이든 뭐든 안으로 들어가는 게 갑갑했기 때문이었다. 다행히 반 검사 생각도 그랬다.

"워낙 강직하신 분이니까. 그래도 아우님 생각해서 오래 버티셨어."

"제 생각이요?"

"직을 유지하시는 게 검증을 밀어붙이는데 유리하다고 생각하신 거지."

"직을 놓으면 정적들이 노리지 않을까요?"

"그렇게 호락한 분은 아니야. 게다가 이 여사님이 뒤에 계시고."

"하지만 그분은 늙으셔서……."

"천만에. 지금도 그분 말 한마디면 그 동네에 미어질 정도로 많은 사람이 달려올 분이야. 은재구라고 해도 장 고문님하고 죽기 살기로 전쟁을 벌이면 희생이 만만치 않을 거야."

"그건 다행인데… 궁금한 게 있습니다."

"뭐?"

"장 고문님 말씀이 제가 찍은 증거를 확보하지 못하는 경우가 있었다고……."

"아, 그 얘기?"

"좀 자세히 말씀해 주시죠. 저도 참고해야 합니다."

"하긴 그렇지. 하지만 그게 시간 차가 있어서……."

"제가 읽어낸 기억과 영장 집행의 간격 말입니까?"

"맞아. 우리 유 수사관이 그러더라고."

'유 수사관?'

"예를 들면 이런 거지. 아우님이 읽어낸 기억은 한 달 전, 그런데 오늘 문득 뒤가 구린 그 물건이 생각나서 다른 데로 옮기거나 처분을 했다. 그때 우리 수사진이 들이닥쳤다면?"

증거 소멸!

우연이 만든 필연의 결과가 나올 판이었다.

"그럴 수는 있겠지요."

"그래서 말 안 한 거야. 장 고문님께도 그렇게 말씀드렸는데?"

"모든 경우가 다 그랬나요?"

"아니, 그렇지는 않아. 일부는 다 나온 경우도 있고, 또 일부는 중요한 증거만 빗나가는 경우도 있었고……."

"누구누구의 경우가 그랬죠?"

"그게 말이지……."

반 검사가 몇 명의 이름을 말해주었다. 그 이름을 받아 적던 강토, 마지막 이름을 적다가 흠칫 놀라고 말았다.

"왜 그래?"

반 검사 물었다.

"이거 우연인지 모르지만……."

"……?"

"다 은재구 라인 아닙니까?"

강토가 메모를 내밀었다.

"어, 그러고 보니 진짜 그렇네?"

"우연일까요?"

"글쎄… 이렇게 적어놓고 보니 좀 이상하긴 하군."

"만약… 만약 말입니다. 이런 일이 일상적인 사건의 경우라면 어떤 원인이 있을 수 있을까요?"

"그냐 내통이지."

"내통요?"

"뭐 수사관 중에 썩은 인간이 있어서 정보를 유출하는 경우… 아니면 담당 검사… 그런 게 대표적 아니겠어?"

"그럼 설마 형님이?"

"왜 이래? 살 떨리게……."

"그럼… 죄송하지만 수사관들은 어떻습니까?"

"유 수사관은 이상 없어. 나하고 손발 맞춘 지도 오래됐고……."

"알겠습니다. 제가 과민 반응이로군요."

"아니야. 그럴 수도 있지. 아우님이 힘들게 얻어낸 증거를 제대로 확보 못해서 미안해."

"별말씀을……."

"자, 그럼 우리도 이만 일어나 볼까? 나는 아침 일찍 조서 정리할 것도 있고……."

반 검사가 먼저 의자에서 일어섰다. 그가 떠난 자리에 강토 혼자 남았다.

마지막 승부!

장철환의 비장미가 스쳐갔다. 그가 사표를 던졌다. 이제는 강토가 그의 희망이었다. 권력층 중에서 쓸 만한 사람 중의 하나. 자기 자리에 미련을 두지 않고 국익을 위하려는 사람.

'지켜야지!'

똘똘 뭉친 정치권의 방어의 벽. 그 큰 과제가 강토에게 주어졌다. 그런데… 그전에 선행되어야 할 일이 있었다.

바로, 사라지는 증거들.

반 검사의 말은 일리가 있었다. 시간 차로 인해 증거가 사라지거나 이동되었을 수도 있었다. 하지만 다른 이유도 있을 수 있었다.

정보 누출!

그걸 확인하고 싶었다.

애써 읽어낸 비리의 증거들이 확보되지 못한다면 초능력 학회의 검증을 통과해도 소용이 없을 일이었다. 대책은 어렵지 않았다. 강토 방식의 교차 검증이 있기 때문이었다.

교차 검증!

강토는 그 단어를 만지작거렸다.

다음 날 아침, 강토는 검찰청 주차장에 있었다. 일찌감치 달려와 입구에 자리를 잡았다. 이 자리라면 주차장에 들어오는 모든 사람을 볼 수 있었다. 강토가 겨누는 검증 대상은 반석기의 직속 부장과 소속 수사관들이었다.

'미안하긴 하지만⋯⋯.'

어쩔 수 없었다.

자료를 넘겼다. 문수가 뽑아서 보낸 사진들이었다. 사진은 검찰 자료와 수사 보도 자료에서 구했다. 피의자를 인솔하거나 포토라인을 사수하는 장면이 효자 노릇을 했다. 첫 대상은 여직원이었다. 그녀가 제일 먼저 출근을 한 것이다.

'이상 무!'

여직원은 문제가 없었다.

다음은 계장을 체크했다. 그 또한 문제가 없었다. 또 다른 수사관 둘 역시 강토의 정보 누출하고는 거리가 멀었다. 이제 남은 건 반검사의 그림자로 불리는 유 수사관과 부장 검사뿐이었다.

'역시 시간 차로 발생한 일인가?'

경우의 수가 하나씩 줄어들자 마음이 흔들렸다. 그때 부장 검사 차가 들어섰다. 내려진 창을 통해 그의 뇌에 매직 뉴런을 밀어넣었다.

"⋯⋯!"

놀랄 뻔했다. 그에게서 정치권의 청탁이 엿보인 것이다. 그러나 거절을 했다. 다른 검사들이 마다한 사건을 앞장서서 뛰고 있는 직속 반 검사. 그의 등을 치고 싶지 않았던 것이다.

'멋지군.'

박수를 보내고 나니 남은 건 유 수사관뿐이었다.

"그 사람은 아닐걸?"

운전석을 지키고 있던 덕규가 고개를 저었다. 강토도 비슷한 심정이었다. 유 수사관을 의심하는 건 반 검사를 의심하는 것과 비슷했기 때문이었다.

"이제 그만하고 밥이나 먹으러 가자. 배 열라 고프네."

덕규가 보채고 나왔다. 이른 아침 출발하면서 식사를 거른 까닭이었다.

"알았다. 차 빼자."

강토도 공감이었다. 지난 저녁에 먹은 냉면 한 그릇은 피와 땀으로 날아간 지 오래였다.

부릉!

막 시동이 걸리는 순간 청사 앞으로 수사관 차량이 돌진해 들어왔다. 거기서 유 수사관이 내렸다. 피의자를 압송해 온 모양이었다. 그 모습을 보니 더 미안한 생각이 들었다. 밤샘 잠복 아니면 신새벽부터 출동했을 유 수사관. 그런 사람을 의심했으니 제 발이 저린 것이다.

"형, 저거 보니까 미안하지?"

덕규가 물었다.

"그렇다, 왜?"

"그럼 서비스 한 번 해줘. 형이 잘하는 거 있잖아? 기분 좋아지는 거……."

"……!"

들고 보니 그 말이 옳았다. 강토는 또 다른 피의자를 끌어
내리는 유 수사관의 머리에 매직 뉴런을 출격시켰다.

그런데…….

바로 그 순간, 피의자가 유 수사관을 들이박았다.

"어, 저 새끼!"

발끈한 덕규가 문을 열고 튀어나갔다. 하지만 몸이 다 나가
지 못했다. 강토가 팔을 잡은 것이다.

"형!"

"쉿!"

강토는 덕규를 안으로 잡아 당겼다. 피의자는 멀리 가지 못
했다. 필사적으로 차량의 지붕을 타고 도로 쪽으로 달렸지만
수사관들은 일요일이 아니었다.

"왜 말렸는데? 내가 한 방이면 보낼 수 있었는데……."

"네가 수사관은 아니잖아?"

"형… 설마?"

"쉿!"

다시 한 번 덕규의 입을 막았다. 덕규가 제대로 눈치를 챘
기 때문이었다. 강토의 미간, 구겨진 채 파르르 떨었다. 보지
말아야 할 비밀을 엿본 강토였다.

잠시 후, 강토는 검찰청 뒤편의 편의점 앞에서 반 검사를 만났다.

"왔으면 들어오지. 수배자도 아닌데 왜 몰래 접선하자는 거야?"

"그럴 이유가 있어서요."

"뭔데?"

"그게……."

강토가 반석기의 귀에 대고 나지막이 속삭였다. 충격을 먹은 반석기가 휘청 흔들렸다.

"진짜야?"

다시 묻는 반석기. 강토는 끄덕 고개를 숙여 대답을 대신했다.

"Fucking!"

반 검사의 미간도 강토처럼 멋대로 구겨졌다.

딸깍!

유 수사관이 조사실에 들어섰다. 안에는 반석기가 있었다.

"부르셨습니까?"

유 수사관이 테이블 앞으로 다가섰다.

"앉아."

"조서는 검사님 책상에 올려놓았습니다만……."

"수고했어."

"따로 지시하실 일이라도?"

"유 수사관!"

반석기가 자리에서 일어섰다. 그런 다음 벽 쪽으로 가서 팔짱을 꼈다. 아주 담담한 표정이었다.

"우리 같이 일한 지도 꽤 됐지?"

"예……."

"나 어땠어?"

"예?"

"직속 검사로 말이야?"

"검사님이야 당연히 최고시죠. 제가 늘 말했듯이 꼭 검찰총장이 되실 겁니다."

"아니… 틀렸어."

"예?"

"난 손에 피를 너무 많이 묻혔어. 정치권을 치고 살아남으려면 정치권으로 들어가 공천받는 길밖에 없는데 그건 별로 취향이 아니고……."

반석기 입가에 담담한 미소가 스쳐갔다.

"무슨 일이 있습니까?"

미묘한 기류를 감지한 유 수사관이 고개를 들었다.

"내가 물을 말인데?"

"······?"

"왜 그랬어?"

"예?"

"까놓고 얘기하자고. 나 끝까지 속일 거야?"

"검사님······."

"최근에 이강토 대표랑 얼굴 마주친 적 없지?"

"······?"

"그래서 그런 거야?"

"검사님······."

"당신은 내 사람이야. 우리 언젠가 속초에서 부동산 재벌 살인범 세 명과 일대 격투를 벌인 적 있었잖아?"

"······."

"그때 당신이 내 목숨 구했지? 한 놈이 사시미로 내 옆구리 담그려는 거 막았지, 아마?"

"······."

"그때 당신도 이미 허벅지에 칼 맞은 상태면서도······."

"······."

"물론 내가 빚은 갚았지. 베트남 애들··· 자기 나라 여자애 들 인신매매 현장이었지? 한 놈이 권총으로 당신 노릴 때 내 가 콩알 한 방 먹여줬잖아?"

"······."

"그런 다음에 매운 닭발 먹으면서 약속했지? 최소한 검찰에 있는 동안만은 의리로 뭉치자고."

"······."

"그래서 나는 최선을 다했는데… 승진도 남들에게 밀리지 않게 힘써줬고 대통령 표창도 지검장님이랑 싸워가며 챙겨주고······."

"······."

"그래도 생각 안 나? 그럼 역시 이강토 대표에게 부탁해야 할까?"

"검사님······."

"잘 생각해 봐. 내가 왜 이러는지······."

"죄송합니다."

파르르 떨던 유 수사관의 고개가 툭 떨어졌다.

"······."

"제가… 검사님을 속였습니다."

"······."

분위기가 변했다. 이제는 유 수사관이 말하고 반석기가 침묵으로 일관했다.

"사표 내겠습니다."

"이런 못난 인간!"

듣고 있던 반석기가 버럭 소리를 질렀다.

"그 주제에 어디 한자리 보장받지도 못했을 텐데 겨우 생각하는 게 사표야?"

"검사님……."

"내가 당신 몰라? 잘해야 소주나 한잔 얻어먹었겠지. 당신 봉투 먹는 인간 아니잖아?"

"우욱!"

유 수사관이 가슴을 뜯으며 무너졌다. 입술 깨문 얼굴에서 눈물이 쏟아졌다. 반석기는 보고만 있었다. 그러다 유 수사관의 어깨 떨림이 진정되자 담배를 건네주었다.

"말하기 싫으면 안 해도 돼. 세월이 가면 모든 게 변하는 거지. 당신과 나의 의리도 변할 수 있어."

"……."

"나가 봐. 수일 내로 다른 검사 밑으로 보내줄게. 이제 나하고 일하기는 껄끄러울 거 아냐?"

"도……."

"……?"

"도상재 검사님입니다."

"도상재?"

"검사님 방으로 오기 전에 그분 밑에 있었지 않습니까? 그때 제 과실이 하나 있었는데 그걸 빌미로 협조하라고……."

"도상재라면 괜찮은 사람인데 왜? 아, 공찬욱?"

골똘하던 반석기의 얼굴이 튀어 올랐다.

"아마 그런 것 같았습니다."

"그럼 결국 은재구 쪽이군?"

"……."

"유 수사관!"

고조되었던 반석기의 목소리가 낮아졌다.

"입이 열 개라도 할 말 없습니다."

"미안한 마음은 있었나?"

"물론이죠. 몇 번이고 검사님께 고백할까 했는데 그렇게 되어도 사표를 내야 할 거 같기에……."

"미친, 당신이 왜 사표를 내?"

"도 검사님이……."

"그 새끼는 나한테 맡겨."

"예?"

"내 새끼 건드렸잖아? 지금까지는 좋게 봐왔지만 수틀리면 선배고 나발이고 없어. 당신 내 성질 몰라?"

"압니다만……."

유 수사관이 고개를 숙였다.

반석기!

장관 출신 아버지를 둔 명문의 자제. 검찰에서도 그건 먹혔다. 하지만 그런 배경으로 인정받은 반석기가 아니었다. 특히 그는 자기 수하의 직원들에게 불이익이 오는 걸 그냥 보지 않았다.

"한 번 실수는?"

반석기가 유 수사관을 바라보았다.

"……."

"한 번 실수는?"

다시 다그치는 반석기.

"병가지상사……."

"됐어. 당신은 잠깐 꿈을 꾼 거야? 알았어?"

"검사님……."

"오히려 잘됐어. 도상재는 내가 잡을 테니 유 수사관은 계속 협조하는 척해."

"예?"

"빚을 갚아야지. 역이용하자는 거야."

"……!"

"알았어?"

"예!"

"그럼 나가봐. 자연스럽게 행동하고."

"고맙습니다. 그리고 면목 없습니다."

"한 번만 봐주는 거야. 알잖아?"

"예, 검사님!"

유 수사관은 정중히 허리를 조아리고 조사실을 나갔다.

문이 닫히자 반 검사가 스피커 스위치를 눌렀다.

"아우님, 듣고 있어?"

"예!"

스피커에서 강토 목소리가 흘러나왔다. 그는 반 검사의 의중에 따라 조사실이 들여다보이는 참관실에 대기하고 있었다.

"이름도 들었지?"

"예……."

"뇌파 한 방 쪼여줄 테야?"

"뭐 한 턱 거하게 쏘신다면……."

"룸싸롱에서 양주 한 병이면 되겠나?"

"말만 들어도 황홀하군요."

"차, 지금 주차장에 있나?"

"예."

"내가 그 인간 데리고 차 근처에서 설레발 좀 칠게. 부탁해!"

제4장
운명의 재회

도상재 검사!

반석기보다 선임이었다. 그가 반석기와 함께 강토의 차량 앞을 지나갔다. 걸음을 멈춘 곳은 그의 차량 앞이었다. 반 검사가 뭔가를 이야기하기 시작했다. 분위기는 좋아보였다.

벨로체라…….

강토의 입가에 미소가 스쳐갔다. 사실 쓴 쑥물을 준다고 해도 체크할 생각이었다. 뒤통수를 맞은 까닭이었다. 매직 뉴런은 벌써 그의 뇌에서 기억의 상자를 열고 있었다.

〈뇌물〉

〈비리〉

두 가지를 넣었다.

"······?"

강토의 눈이 출렁 흔들렸다.

'없어?'

미간이 확 좁아지는 강토. 도상재의 기억에는 뇌물과 비리가 없었다. 아니, 물론 소소한 것들은 있었다. 그러나 그건 정말이지 누구든 조직 생활을 하다 보면 나올 수 있는 인간적인 것들이었다.

이해가 되지 않았다. 이렇게 하자 없이 조직 생활을 한 사람이 뭐가 아쉬워서 정치권 손아귀에서 놀아난단 말인가?

일단 그의 라인이라는 '공찬욱'과의 연관 기억부터 살펴보았다.

'어디 보자······.'

해마에서 그 장면이 나왔다. 공찬욱의 아내였다. 둘은 음식점에서 만났다.

"이거······."

공찬욱의 아내가 편지를 내밀었다.

'한 번만 도와주시게.'

편지의 내용이었다. 옥중에서 날아온 청탁 편지였다. 구체적으로 말해 은재구를 도와달라는 것이었다. 그래야 자기가 빨리 나갈 수 있다고…….

"……!"

편지를 본 도상재의 인상이 굳었다.

조금 먼 기억을 이어보았다. 도상재의 차장 승진 때였다. 공찬욱이 힘을 써주었다. 그 막후에서 도움을 준 게 또 은재구였다.

"나 은재구라 하오!"

그를 만난 술집도 벨로체였다. 악수를 청하는 은재구는 세상을 다 가진 호인처럼 보였다. 술도 최고급이 나왔다.

"얘기 많이 들었소. 우리 도 검사 같은 사람은 나라를 위해서도 승승장구하셔야지!"

은재구는 술값에 여자까지 안기고 갔다. 고마웠다. 그래도 도상재는 여자와 자지 않았다. 그저 룸에서 술을 마신 게 전부였다. 그러나 자기 승진에 힘을 써준 사람. 더구나 공찬욱은 실형을 받을 수도 있기에 괜한 자책감이 있던 도상재였다.

그래서 유 수사관을 만났다. 유 수사관이 거부하자 부득 옛날이야기를 꺼내 목적을 달성했다. 그 일로 은재구의 보좌관을 만났다. 그 자리 또한 벨로체였다.

"이제 더는 곤란합니다."

도상재는 선을 그었다.

─반석기의 헛발!

그 원인이 나오는 순간이었다.

"……!"

도상재를 보내고 강토의 말을 들은 반석기의 눈매가 파르르 흔들렸다. 의도된 일이 아니었다. 그 또한 정치라는 격랑에 휩쓸린 처지에 불과했다.

"약하네. 다른 거 없어?"

"직전 지청에서 여기로 올 때 전별금 받은 거 정도?"

"약해!"

"집단 성폭행범 수사할 때 한 사람 봐준 건 있네요."

"사안은?"

"친구들이 등 떠밀어 여자 위에 올라가긴 했는데 바로 일어나서 뒤로 빠진 피의자……"

"젠장!"

반석기가 쓴 입맛을 다셨다. 옭아매기에는 빈약한 비리였다.

"밑의 수사관들도 털어볼까요?"

"아니야, 됐어. 어떻게 보면 고마운 일이잖아?"

"같은 검사로서 말이죠?"

"역시 아우님이랑은 통한다니까."

"어쩌시게요?"

"일단 모른 척 역이용하다가 나중에 경고 정도만 해야지 뭐. 워낙 된 사람이니 더는 나대지 않을 거야."

"그럼 저는 그만 갑니다?"

"그래, 안 그래도 바쁜 사람을 나까지 신경 쓰게 해서 미안해."

"한잔 쏜다고 한 약속이나 잊지 마세요!"

"그건 나도 원하는 바야. 언제 진자 코 삐뚤어지게 한잔 마셔보자고."

"좋죠."

강토는 그 말을 남기고 찻창을 내렸다.

"사무실로?"

도로에 올라선 덕규가 물었다.

"그래야지. 방 실장 눈 빠지겠다."

"밥은?"

"배고프냐?"

"아니!"

대답하는 덕규의 배가 꼬르륵 배신을 때렸다.

"넌 거짓말 못해. 가까운 데서 먹고 가자. 다 먹고 살자고 하는 일인데……."

"옛썰!"

덕규가 밝은 표정으로 대답했다.

"시리아?"

식사를 마치고 사무실로 돌아온 강토, 문수의 보고에 놀라

고개를 들었다.

"예, 두 번이나 연락이 왔는데… 도노반의 비서와 통화를 해보시죠."

문수가 전화를 가리켰다.

도노반의 의뢰 문의였다. 지난번 대풍 쏠라 건에서 강토 손을 들어주며 통 큰 양보를 했던 도노반. 그때 진 신세를 갚으라는 걸까? 강토는 수화기를 들고 번호를 눌렀다.

"Hello!"

영어가 나왔다. 도노반의 비서였다.

"안녕하세요? 저 삐 컨설팅의 이강토입니다."

한국어로 말했다. 그가 한국어를 잘한다는 걸 아는 강토였다.

"아, 이강토 대표님!"

그는 반색을 하며 강토를 맞았다.

"다른 비즈니스 때문에 전화를 이제야 드리게 되었습니다. 회장님은 안녕하시죠?"

강토는 도노반의 안부를 물었다. 몇 마디 의례적인 말이 더 오간 후에 비서가 시리아 건에 대해 설명을 했다. 문수에게 들은 이야기와 비슷한 맥락이었다.

"다음 달입니다. 회장님께서 말씀하시길 이 대표의 스케줄을 먼저 체크하고 우리 쪽 스케줄을 정하라고 하셔서……"

―너에게 맞추겠다.

도노반의 의중은 그것이었다.

"원하는 날을 말씀하시면 기꺼이 비워드리죠."

"고맙습니다. 그럼 그렇게 믿고 일정을 정해서 말씀드리겠습니다."

전화를 끊었다. 수화기를 내려놓은 강토가 문수를 바라보았다. 자세한 설명을 원하는 눈이었다.

"시리아는 지금 굉장히 복잡한 나라입니다."

"나도 알아. 총알이 핑핑, 폭탄이 쾅쾅!"

"제 생각에는 가지 않았으면 합니다만."

"그럼 미리 말을 했어야지."

"대표님 성격에 말을 들을 거 같지 않아서……."

"허얼!"

"물론 도노반 쪽에서 안전을 책임질 거라는 계산도 영향을 미쳤습니다만."

"시리아라… 거기서 뭘 얻으려는 거지?"

"아직 장소가 정해진 건 아닙니다. 그냥 시리아에 관련된 비즈니스라고만 했습니다."

"그래. 어쩌면 그 인근의 사우디아라비아나 이라크에서 만날 수도 있겠군."

"……"

"아무튼 조율해서 날짜 비워둬. 지옥이라고 해도 가야 할 형편이잖아? 지난번 빚 갚으려면."

"알겠습니다."

"또 뭐 있어?"

"은재구 스케줄인데… 오늘 무슨 유치원 일일 배식 봉사에 참가한다고……."

"유치원 애들 죄다 체하겠네."

"그 반대겠죠. 이런 양반들이 뜨면 식사가 잘 나오거든요."

문수가 빙그레 노트북 화면을 열었다.

"벌써 끝난 거야?"

"아뇨. 조금 전에 시작했는데 은재구 빠들이 인터넷 방송을 하는 모양입니다."

"푸헐!"

"뭐 지지자들 입장에서야 그럴 수도 있겠죠. 전직 당대표에 차기 대선 후보군의 선두 주자격이니……."

문수가 화면을 연결시켰다. 유치원이 나왔다. 도로변의 아담한 공간이었다. 옆에는 12층짜리 건물이 즐비했다.

"그런데… 이 유치원이 바로 은재구 손자가 다니는 유치원입니다."

"응?"

"나오는군요."

화면에 은재구가 떴다. 앞치마를 두르고 양파를 다듬는 모습이었다. 손에는 고무장갑까지 끼었다. 양파 모독이다. 저렇게 해서야 어떻게 양파를 다듬을까? 형식적인 쑈라는 게 단박에 느껴졌다.

"이 아이가 은재구 손자고요."

문수의 손이 한 꼬마를 짚었다. 노란 옷을 입은 아이는 귀엽게 보였다.

"손자 하나는 잘 낳았네?"

"그러게요. 애들은 역시 다 귀엽죠?"

"애 부끄러운 줄 알아야지."

강토가 쓴 입맛을 다셨다. 화면 속에서 은재구는 다른 아이 둘을 양팔에 안고 인자한 미소를 지었다.

―나 알고 보면 부드러운 남자야.

의도적인 장면이다. 오바이트가 쏠리는 걸 간신히 참아내는 강토였다.

"이미지 홍보전에 나선 겁니다. 나는 이렇게 온화하고 가정적인 사람이다. 그런 내가 비리하고 상관이 있겠나?"

"그래서 전략적으로 제 손자는 안 안는 거고?"

"구설수에 오를까 계산한 거죠."

"밥맛이네. 진짜 걱정할 건 안 하고……."

"그만 볼까요?"

"내 말이……."

강토의 말에 문수는 노트북 화면을 꺼버렸다.

"그리고… 진짜 밥맛 떨어질까 봐 마지막으로 드리는 보고인데……."

문수는 잠시 주저하다 말을 이었다.

"밤 비행기 편으로 초능력 학회 멤버들이 입국을 한답니다."

"……?"

"대표님!"

초능력 학회 일을 생각할 때 세경이 회의실로 들어왔다.

"왜?"

"의뢰자께서 오셨어요."

"의뢰자? 오늘은 더 안 받기로 하지 않았나?"

초능력 학회에 정신이 팔린 강토, 뜨악한 눈빛을 들었다.

"그런데… 방 실장님께서 아마 대표님이 보실 거라며……."

"내가?"

"아버님이시거든요."

"우리 아버지?"

"돌려보내요?"

세경이 웃었다.

"아, 진짜 왜들 그래? 빨리 모셔."

강토가 벌떡 일어섰다.

"이어, 이 대표!"

안으로 들어선 아버지가 손을 들어보였다.

"웬일이세요?"

"웬일은? 미리 직원들에게 말했는데?"

"의뢰하신다고요?"

"나처럼 코딱지 중소기업하는 사람은 자격 미달이냐?"

"무슨 말씀을… 진짜 의뢰예요?"

"그렇다니까. 바쁘겠지만 좀 봐줘라."

아버지가 어깨를 으쓱해 보였다. 방송에 오르내린 강토의
이름, 아버지로서 모르는 바가 아니기 때문이었다. 세경이 들
어와 차를 내려놓았다.

"저희 컨설팅은 좀 비싼데……."

강토가 은근 엄포를 놓았다.

"알고 있다. 우리야 뭐 어차피 세금 처리할 거니까 사업에
이득만 된다면 상관없지."

"진짜신가보네?"

"해줄 거냐?"

"말씀이나 해보세요."

"캄보디아하고 베트남 시장은 자리를 잡았고… 해서 이제
중국으론 나갈 참인데……."

'중국?'

"그쪽이 관련법이 자주 바뀌지 않느냐? 신제품이 완성되기 전에 그쪽 규제법 좀 알 수 있을까 해서……."

"제가 어떻게 해야 하는 건데요?"

"너 혹시 장지커라고 기억하느냐? 예전에 캄보디아에서 만난 중국 대사관 직원……."

"아, 그 키 큰 아저씨요?"

"지난번에 나갔다가 우연히 만났지 않냐. 마침 옛날 생각났다며 아내와 둘이 캄보디아 여행을 왔더라고."

"그때는 총각 아니었나요?"

"시간이 많이 흘렀지 않느냐? 아무튼 그 친구가 본국으로 가서 수입품 인허가부처로 자리를 옮겼는데 이번에 규제를 강화하게 된다는 거야."

"……."

"워낙 입이 무거운 친구라 물어도 대답하지 않을 것 같아서 머리를 좀 썼지."

"한국으로 초대하셨어요?"

"그래. 마침 그 아내가 한국을 엄청 좋아하는 눈치라 슬쩍 운을 뗐더니 그 자리에서 수락을 하지 뭐냐? 그래서 네 뇌파 덕 좀 볼 수 있을까 하고……."

"그러니까 개발하는 신제품이 중국 인허가 기준에 맞나 보려는 거로군요."

"바로 그 말이다. 제품이 나오고 난 후에는 이미 늦거든. 그 기준에 맞춰 설비나 재료를 바꾸려면 돈도 많이 들게 되고."

"언제 오는 데요?"

"이번 주말!"

"그럼 글피네요?"

"안 될까?"

글피…….

국회에서 검증받기로 한 하루 전이다. 시간을 잘 쪼개면 가능할 일이었다.

"알았어요. 약속 정해서 전화주세요."

"수락하는 거냐?"

"대신 의뢰비는 많이 내셔야 합니다. 비용은 우리 방 실장이랑 상의하세요."

"고맙습니다. 이 대표님!"

아버지는 반색을 하며 회의실을 나갔다.

부릉!

차가 출발을 했다. 목적지는 공항이었다.

"형!"

운전석의 덕규가 돌아보았다.

"왜?"

강토가 대답했다.

"아버지한테 돈 받는 건 너무하는 거 아니야?"

"뭐가 너무해? 공은 공이고 사는 사지."

조수석의 문수가 강토를 대신해 답했다.

"아, 돈도 좋지만 너무 인정 없어 보이잖아요. 다른 데서 팍 팍 들어오는데……."

"그럼 대표님이 이달 월급에 보너스 100%씩 얹어주라고 했는데 황 부실장은 몫은 뺄까?"

"아이고, 왜 이러십니까? 아버지라도 돈은 받아야죠. 예……."

덕규는 돌변하며 태도를 바꿨다. 그걸 본 강토와 문수가 한바탕 웃어넘겼다.

바람을 가르며 공항에 도착했다. 오늘도 사람은 많았다. 선글라스를 쓴 강토는 입국장에서 조금 떨어진 곳에 자리를 잡았다.

사람들이 나오기 시작했다.

"나옵니다!"

문수가 말하는 순간, 강토도 눈에 익은 얼굴을 포착했다. 사진으로 보았던 존 슈타인 박사였다. 그 옆으로 초능력 학회 리더 크라이머도 보였다.

'데이비스는?'

강토는 주변을 스캔했다. 자료 사진은 두 사람의 것뿐이었다. 데이비스는 아직 보지 못한 상황. 그래서 더욱 신경이 쓰이는 초능력자였다.

둘은 입국장 앞까지 걸어와 걸음을 멈췄다. 한 사람을 기다리는 모양이었다. 그리고… 저만치서 마지막 멤버가 뛰어오기 시작했다.

그 걸음은 아주 경쾌했다. 주변을 의식하지도 않았다. 왜냐하면 소년이기 때문이었다. 소년은 팔랑팔랑 달려와 크라이머 옆에 섰다. 그 얼굴이 미치도록 강토의 시선을 치고 들어왔다.

'맙소사!'

강토는 휘청 다리가 풀리는 걸 느꼈다.

소년…….

그였다.

유대인 소년… 강토가 미국에서 제압한 유대인. 경찰의 총에 맞아 사망한 유대인 초능력자의 아들. 그 소년이 데이비스였던 것이다.

            *   *   *

소년이 다가왔다.

아련한 장막처럼 가까워졌다.

소년이 지나갔다.

엷은 바람처럼 스쳐갔다.

그러나 소년은 강토의 가슴에 정지되었다. 그 얼굴이 또렷이 각인된 것이다.

'아저씨!'

목소리도 들렸다.

나는 알아요.

당신을 알아요.

당신을 만나러 왔어요.

당신도 나를 기억하나요?

그때 내 이름은 아론이었어요.

하지만 내 진짜 이름은……

"데이비스!"

소리가 들렸다. 공항 출입문 앞이었다. 크라이머가 소년을 향해 손짓을 한 것이다. 한복 차림의 마스코트를 바라보던 소년이 발길을 돌렸다. 그리고 사라졌다.

"대표님!"

이어지는 문수의 목소리가 강토의 의식을 흔들었다.

"응, 응?"

"괜찮으세요?"

"아, 괜찮아."

어색하게 웃어보였다. 전혀 괜찮지 않았다. 두려움이나 공포는 아니었다. 어쩌면 의외성에 뒤통수를 후려 맞았달까? 차마 소년이 오리라고는 생각지 못한 강토였다.

"저 아이, 죽은 유대인 염력술사의 아들이라고 하셨죠?"

"응……."

"오매, 그럼 저 핏덩이가 자기 아버지 복수하러?"

듣고 있던 덕규가 입을 터억 버렸다.

"황 부실장!"

문수가 바로 핀잔을 날렸다.

"죄송합니다."

덕규는 바로 고개를 숙였다.

"괜찮아. 저 애 아버지, 내가 죽인 거 아니잖아?"

"맞아. 미쿡 폴리스가 탕!"

다시 덕규가 끼어들자 문수 눈에 전기가 튀었다.

"차, 차 가져올게요."

실수 연발을 느낀 덕규는 꽁무니를 뺐다.

"부담 갖지 마세요. 대표님답지 않습니다."

"땡큐, 그냥 뜻밖이라서 그랬어. 최소한 수염을 한 발쯤 휘날리는 고대의 도인 같은 사람이 오려나 싶었거든."

"소년도 늙으면 백발이 되지요."

"그건 맞네. 가자고!"

강토가 먼저 걸었다.

데이비스.

신발을 염력으로 들어 올리던 모습이 떠올랐다. 농구공을 띄우던 모습도 스쳐갔다. 미안한 마음은 있었다. 경찰의 총에 맞았다지만 강토와 엮였던 까닭이었다.

데이비스는 알까?

내가 자기 아버지와 겨뤘다는 거…….

그때 강토가 밀렸었다.

선공을 당했다지만 어쨌든 밀린 건 밀린 거였다.

아직 어린 데이비스.

그러나 당당히 초능력 학회를 대표해 입국한 소년.

그의 염력은 어느 정도일까?

타앙!

그날의 총성이 강토의 머릿속에서 어지럽게 반복되고 있었다.

다음 날, 강토는 사무실에서 인터넷 검색을 했다. 초능력 학회의 입국 소식은 어디에도 없었다. 잠시 머리를 식힐 때 세경이 흥에 겨워 말했다.

"대표님 이 노래 좀 들어보세요."

"뭔데?"

"K—퀸킹 아시죠? 미국 교포로 참여한 윤선아라는 아인데 올해 최강 우승 후보자예요."

세경이 노래를 눌렀다. 10대 중반의 여학생이 나왔다. 화장을 했지만 어린 티가 또렷했다.

"위암으로 투병하는 아버지를 위해 우승하러 왔다는데요. 완전히 신의 목소리예요. 들으시면 피로가 싹 가실 거예요."

노래가 나왔다.

"……!"

기가 막혔다. 단숨에 혼을 사로 잡는 보이스. 일전에 들었던 사라 브라이트만의 재현 같았다. 아니, 어쩌면 그보다도 나았다. 이 아이의 노래에는 순결함까지 깃든 것이다.

"좋죠?"

"그러네."

"대표님도 응원해 주세요. 전 100% 이 아이가 우승할 거라고 생각하거든요. 마스크는 보통이지만 노래 잘하지, 효녀지……."

세경을 콧노래를 흥얼거리며 자리로 돌아갔다. 그 뒤로 문수가 다가왔다.

"자료를 찾았습니다!"

"데이비스?"

강토가 고개를 들었다. 이름 외에는 몰랐던 데이비스의 정보. 아침부터 낑낑거리더니 기어이 자료를 찾아낸 모양이었다.

"아버지 이름으로 뒤졌습니다. 유대 염력자 솔라몬… 그 아들 아론… 아론은 예명인 모양입니다. 이름이 병기되고 있군요."

"맞아. 초능력 공연할 때는 아론이라고 들었어."

"두 살 때부터 초능력을 보였네요. 미국과 이스라엘, 인도의 신문에 몇 번 실린 적이 있습니다."

"염력인가?"

"그렇습니다."

"특별한 기사가 있어?"

"다섯 살 때 기사가……."

"말해봐."

"염력으로 몇 백 미터 떨어진 곳에 사는 친구를 부르기도 했다는군요."

"……."

멀리 떨어진 곳과의 교신.

'텔레파시?'

강토의 머릿속에 단어 하나가 들어왔다.

"나머지는 물체 이동, 물체 구부리기……."

"……."

"초능력 학회에는 재작년에 가입했군요. 아버지의 추천으로 말입니다."

"활동 같은 건?"

"NASA에 초대되어 간 적이 있다고 하는데 공개된 자료는 없습니다."

"끝?"

"나사는 비밀이 많으니까요."

비밀……

문수의 발음이 아득하게 들렸다.

"뒤쪽에 사소한 기사가 두어 개 더 있는데……"

문수가 화면을 넘길 때였다. 컴퓨터를 보고 있던 세경이 별안간 비명을 질러댔다.

"꺄악!"

"왜 그래?"

반사적으로 돌아본 건 덕규가 먼저였다.

"어떡해요?"

세경이 화면을 가리켰다.

"왜? 윤선아가 새로운 노래라도 선보였어?"

"그게 아니고 싱크홀… 송파 쪽에 초대형 싱크홀이 생기면서 건물이 무너졌어요!"

"뭐야?"

문수가 세경을 향해 뛰었다. 화면을 확인한 문수의 얼굴도 하얗게 변했다. 참담한 붕괴였다. 눈 깜짝할 사이에 지옥이 펼쳐진 것이다.

"가만… 여기는?"

화면을 보던 문수가 검색을 시작했다. 손가락이 자판 위를 날자 빌딩이 무너지기 전의 이미지가 나왔다.

"은재구 손자가 다니는 유치원인데요?"

문수가 고개를 들었다.

"빌딩이 무너졌다며?"

"유치원 옆의 빌딩입니다. 무너지면서 유치원을……"

"뭐야?"

강토도 화면을 확인했다.

"오 마이 갓!"

말도 나오지 않았다. 오래전부터 회자되던 싱크홀이 기어이 초대형 사고를 내고 말았다. 도로 쪽이 무너지면서 빌딩 두 채가 붕괴되었다. 그중 하나가 오른편의 유치원 건물을 덮친 것이다.

뉴스를 틀었다.

속보가 쏟아지고 있었다. 붕괴 현장 일대는 완전히 아수라장 이었다. 잔해와 먼지, 그리고 엉망으로 뒤엉킨 주변의 차량…….

"어떡해요? 애들……."

세경이 발을 굴렀다. 유치원을 덮친 빌딩은 무려 12층. 2층 짜리 유치원은 흔적조차 보이지 않았다.

"뭘 어떡해? 은재구 손자가 다니는 유치원이라잖아? 그 인간이 자기 손자 살리려고 119 전부라도 동원하겠지."

덕규가 말했다.

후우!

소파로 나온 강토가 텔레비전을 켰다. 일대는 난리통이었다. 폭격 현장이 따로 있을까? 붕괴 현장 인근까지 전쟁터를 방불케 하고 있다. 하늘에는 헬기도 떴고 구조대 차량과 일반 차량들이 엉기고 있었다. 환자를 이송하는 구급차도 셀 수 없이 많았다.

"아, 권력층 새끼들, 머리 맞대서 저런 거 해결했어야지. 뉴스에 많이도 나오더만 이상 없다고 지랄병들 까더니……."

분을 못 이긴 덕규가 허공을 후려쳤다.

"희생자 엄청 많겠는데요?"

문수의 목소리도 어두웠다.

대한민국!

누군가는 개한민국… 혹은 헬조선이라고 비하하는 나라. 또 높은 양반들이 달려가겠지. 가서 바쁜 구조대들 데려다가 현장 브리핑을 받겠지. 다시는 이런 일이 재현되지 않도록 애쓰겠다고 하겠지. 구조에 만전을 기하겠다고 하겠지? 머릿속에 뻔한 그림이 저절로 그려졌다.

—그 시간에 차라리 구조대원들 물이라도 나눠주지.

강토는 빌었다. 희생자들이 많지 않기를. 그리고… 아이들이라도 다 무사하기를……

　뉴스는 쉬지 않고 쏟아졌다. 낮 시간이라 피해자가 엄청났
다. 빌딩 안에 몇 명이나 있었는지 확인조차 되지 않았다. 아
이들 희생자도 많았다. 붕괴된 12층 건물이 무너지며 옆 건물
을 때렸다. 그것들이 함께 유치원 건물을 덮치면서 지옥을 만
들어낸 것이다.

　"대표님!"

　아버지와의 약속 장소로 향하기 전에 문수가 다가왔다.

　"왜?"

　"싱크홀 말입니다. 이전에 국회에서 대책 위원회가 있었는데
거기 위원장이 은재구였더군요."

　"……?"

　"큰 문제 아닌 것으로 덮고 지나가더니 결국 자기 손자를
묻은 셈이군요."

　"은재구 손자도 못 나왔나?"

　"구출자 명단에 없습니다. 은재구도 거기 와서 살고 있다던
데요?"

　"……?"

　"제가 현장에 직원 둘을 파견해 두었습니다."

　"오케이!"

강토가 고개를 끄덕거렸다. 사외 직원이 있다고 했던 문수였다. 초유의 사고이니만큼 체크할 가치도 있었다.

"은재구가 땅을 치겠네요."

차를 대기 시킨 덕규가 중얼거렸다. 강토는 무거운 얼굴로 차에 올랐다.

"다녀오십시오!"

문수가 인사를 했다. 운전은 덕규가 맡은 것이다.

띠뽀띠뽀!

도로에 올라서자 119 구급대와 앰불런스 차량들이 보였다. 여러 대가 줄 지어 달리는 걸 보니 현장으로 가는 모양이었다. 그런데도 비켜주지 않고 버티는 차량들이 있었다. 몇 대는 출동 차량 뒤에 붙어가는 얌체도 있었다.

"아, 저런 후레자식들… 이 난리통에도……."

덕규가 신호를 받을 때였다. 뒤에서 달려오던 화물 차량이 굉음과 함께 문득 가까워졌다.

"이 개새끼!"

당황한 덕규가 핸들을 꺾었지만 뒷차는 이미 백미러를 가득 채우고 있었다.

쾅!

소리와 함께 강토의 차가 팽이처럼 돌았다. 건너편에서는 신호를 받은 차량들의 직진 가속이 붙은 상황. 덕규는 사생결단 브레이크를 조절하며 핸들을 감았다.

와아아앙!

차량은 갈지자 회전을 하다가 중앙선에 멈췄다. 그 꼬리를 건너편 차량이 들이박으면서야 상황이 끝났다.

"형!"

이마가 깨진 덕규가 강토를 돌아보았다.

"으……."

강토는 뒷좌석에 늘어진 채 신음 소리를 냈다.

"괜찮아?"

차에서 내린 덕규가 우그러진 조수석 문을 걷어차고 열었다. 강토를 수습한 덕규가 가해자 차량을 돌아보았다. 옆 차선의 차량 두 대를 더 박은 화물차는 차선 두 개를 차지하고 서 있었다. 거기서 운전사가 내렸다. 강토를 차에 기대둔 덕규가 몸을 날렸다.

"……?"

멱살을 잡고 보니 입에서 술냄새가 진동을 했다.

"이 개새끼, 뒈질려면 혼자 뒈지지 정신 나갔어?"

격분한 덕규가 배를 내질렀다. 그사이에 경찰차가 도착했다. 덕규는 가해자를 끌고 가 경찰에게 넘겼다.

"술에 떡이 되었습니다. 경찰은 뭐합니까? 음주 단속도 제대로 안 하고?"

후끈 달아오른 덕규가 강토에게 향했다.

"형……."

"이제 괜찮아……."

"뭐가 괜찮아? 빨리 병원으로 가자."

"아버지부터……."

"형……."

"아버지의 부탁이잖니."

"그래도 지금은……."

"너 아버지 부탁 받아봤냐?"

"……?"

"안 받아봤으면 내 마음 모른다. 당장 죽을 것 같지는 않으니까 너 먼저 병원에 가 있어라."

"형……."

강토는 비틀거리며 인도 쪽으로 나갔다.

"택시, 야, 이 개새끼들아!"

덕규가 악을 썼다. 어차피 말릴 수 없는 강토였다.

장지커 부부를 만났다. 고풍스러운 삼계탕집이었다. 장지커는 삼계탕을 좋아하는 눈치였다.

"어디 아프냐?"

삼계탕을 먹던 아버지가 나지막이 강토에게 물었다. 화장실에서 용모를 잘 다듬고 들어왔지만 그래도 뭔가 이상하게 보인 모양이었다.

"아닙니다. 어제 밤을 새웠더니……."

"이거 미안하게 됐구나."

"아니라니까요."

강토는 계속 웃음을 머금었다. 말을 할 때마다 온몸이 결려왔지만 애써 참았다. 조금만 참으면 아버지에게 즐거움을 안길 수 있기 때문이었다.

"강토가 엄청 컸네."

장지커는 영어를 썼다. 강토도 영어를 사용했다. 다행히 그의 아내가 한국말을 제법 했다. 네 사람은 4개 국어를 써가며 의사를 소통했다. 한국어와 영어, 중국어와 캄보디아어가 그것이었다. 대화가 어느 정도 진행되자 아버지가 신호를 보내왔다.

강토는 장지커의 눈에 매직 뉴런을 겨누었다.

'쏘리!'

세상은 이제 정보의 시대. 정보를 선점하는 사람이 미래를 갖는 것이다.

〈산업 규제〉

강토는 그 검색어를 뉴런의 시냅스에 장착시켰다. 시냅스들이 산발한 머리카락처럼 소리 없이 퍼져 나가기 시작했다. 장지커의 시냅스들이 하나씩 연결되었다. 고요한 것 같지만 속도는 가히 광속이었다. 하나의 우주를 이룬 뇌를 낱낱이 연결해 가는 것이다.

중국 시장의 인증 제도!

미국의 인증보다도 더 관건이 되어가고 있었다. 중국은 이미 세계의 공장이 아니라 세계의 시장이었다. 그러니 그 시장을 뚫어야만 기업의 미래가 보장되는 것이다.

이러한 예는 한국 굴지의 기업들도 마찬가지였다. 한국을 대표하는 전자회사들도 중국의 제품 인증을 받는 데 실패하면 바로 주가가 하락할 지경이었다.

―인증 실패!

―추가 인증 실패!

―보조금 지급 대상 제외!

이 세 가지 코스를 지나면 중국 시장에서 완전 배제되는 현실. 한마디로 규제의 만리장성을 넘어야 생존하는 것이다.

아버지가 꿈꾸는 건 배터리 관련 제품.

"규제안을 보여주십시오!"

그는 고위 간부들과 규제 방향을 심의하는 과정을 열었다. 장지커의 손에 서류가 들어왔다. 장지커가 서류를 넘기며 체크했다. 강화되는 것과 새로 만든 규제안에 따로 체크를 했다. 몇 가지 단어는 느낌으로 파악이 불가능했다. 마구 휘갈긴 간자체였던 것이다. 혼신을 다해 그 단어를 기억에 담았다. 단

하나도 잊어버리면 안 될 일이었다.

"그럼 저는 일이 좀 있어서……."

체크를 끝낸 강토가 자리에서 일어섰다. 장지커 부부의 인사를 받으며 밖으로 나왔다. 거기 덕규가 있었다. 이마에는 붕대를 감고 있었다. 연락을 받은 문수도 와 있었다.

"대표님!"

걱정하던 문수가 다가왔다.

"방 실……."

거기까지 말하며 손을 들어보이던 강토, 눈앞이 훤해지며 그대로 의식을 잃고 말았다.

"대표님!"

"형!"

두 남자의 외침이 메아리처럼 느리게 들렸다. 그리고… 띠뽀띠뽀, 앰뷸런스 소리도…….

*   *   *

찌예!

찌예!

메아리는 한마디만을 반복했다. 동서남북이 다 그랬다. 어쩌면 땅속에서도 그 말이 올라오는 것 같았다. 제약이라는 중국말이다. 아버지가 원했던 규제… 그것의 또 다른 말 제약…
그 단어들은 순식간에 뗏목이 되었다. 망망대해를 표류했다.
저만치서 해일이 밀려왔다. 강토는 뗏목을 사수했다. 목숨보
다 소중한 뗏목이었다. 하지만 파도가 그걸 알 것인가? 집채
만 한 파도는 뗏목을 박살 내 버렸다.

"안 돼!"

절규를 토하다 눈을 떴다.

"강토야!"

든든한 목소리가 들려왔다. 천천히 시야를 확인했다. 검은
파도 같던 물체가 서서히 모습을 드러냈다.

"아버지?"

"괜찮냐?"

"……."

"답답한 녀석… 오다가 사고가 났었다고?"

"……."

"그럼 병원부터 가야지 내 일이 뭐가 그렇게 중요하다
고……."

"아버지……."

"너 볼 면목이 없구나."

"아닙니다. 그때는 참을 만했어요."

"참을 만하기는? 어쩐지 얼굴이 사색이더라니……."

"죄송합니다."

"네가 왜? 괜한 부담 안긴 이 애비가 죄인이지."

"그런 말 마세요. 제가 좋아서 간 걸요."

"강토야."

"돈 많이 버서서 캄보디아에 학교 지으셔야죠. 기왕이면 기업 확 키워서 대학도 하나 지어주세요. 첨단 기술 가르칠 수 있는……."

"제발 네 걱정이나 좀 하거라."

"우리 직원들은?"

강토가 고개를 들었다. 그러자 구석에 선 문수가 눈에 들어왔다.

"대표님!"

"덕규는?"

"저는 여기요!"

옆 침대의 칸막이가 촤라락 벗겨졌다. 2인실의 병실. 덕규는 옆 자리에 자리 잡고 있었다. 그리고… 또 한 사람의 낯익은 얼굴이 들어섰다. 차영아 박사였다.

"박사님!"

"역시 초인이시네. 보통 사람 같으면 일주일은 못 일어날 텐데."

차영아가 웃었다.

"많이 상했습니까?"

강토가 물었다.

"다른 곳은 괜찮고요 머리에 이상이 있나했는데……."

차영아가 뒷말을 흐렸다. 아버지를 의식하는 눈치였다. 강토가 문수를 불렀다. 그런 다음 종이와 펜을 들고 장지커의 기억에서 읽은 규제안을 적어 내려갔다.

"강토야, 그건 중요하지 않아. 나중에… 너 다 낫고 난 후에……."

아버지가 말렸지만 강토는 듣지 않았다.

"죄송하지만 아버지, 그때가 되면 다 잊어버려요. 지금도 이거 그림 그리는 형편이라고요."

강토가 종이를 보여주었다. 간자체와 한문이 섞인 중국어 단어는 문자가 아니라 그림으로 보일 정도였다. 그렇기에 매직 뉴런의 느낌 전이로도 알 수 없던 것. 기억이 희미한 건 문수와 함께 앞뒤 글자를 추론해 맞춰가며 복원했다.

"오케이, 바로 이거였어!"

복원을 끝낸 강토가 뿌듯한 미소를 지었다. 기억에 남은 그 그림(?)이었다.

"너 정말……."

종이를 받아든 아버지의 눈가에 뿌연 안개가 서렸다.

"이제 빨리 가서 대책 세우세요. 저는 아무렇지도 않고요,

할 일도 산더미거든요."

강토는 아버지의 등을 밀었다.

아버지가 돌아가자 강토의 눈이 차영아에게 돌아갔다.

—아까 남은 말요.

강토의 눈은 그렇게 말하고 있었다.

"좋은 거하고 찜찜한 거 두 가지예요. 좋은 건 이 대표님 상태가 생각보다 나빠 보이지 않는다는 거. 찜찜한 건 지난번 뇌 사진보다 조금 더 상이점이 보인다는 거."

"쉽게 말해주세요."

"그걸 못하니까 이러는 거죠. 이 대표님 뇌는 일반인 뇌랑약간 다르거든요. 그러니 그게 평소처럼 또렷하면 좋은데 마치 안개가 서린 듯하니 잘 판단이 안 서요."

"좋게 보면 별 이상 없다는 거네요?"

"……."

"방 실장, 나 몇 시간 누웠던 거야?"

"몇 시간이 아니고 하루 반입니다."

"하루 반이면 거의 이틀?"

"예."

"보고가 밀렸겠군?"

"……."

"말해봐. 눈에 다 쓰여 있어."

"초능력 학회 쪽에서 연락이 왔었습니다."

"왜?"

"한번 만나고 싶다고……."

"셋 중에 누구?"

"그게……."

"데이비스?"

"예."

"……!"

"대표님 전화로 연락을 했는데 받지 않는다고……."

"데이비스……."

유대인 소년… 왜 미리 보자는 걸까?

"차 사고는?"

"운전사가 음주이긴 한데 수상한 점이 많습니다. 아무래도 배후가 있는 듯합니다."

"있다면 은재구 떨거지들이겠지."

"……."

"좋아. 그건 나중에 갚기로 하고 싱크홀 붕괴 사고는 어때?"

"만 이틀이 지났습니다만 싱크홀 침수 부분이 불안정하다는 진단이 나오면서 추가 붕괴가 우려되어 구조에 속도가 나지 않고 있습니다."

"애들은 몇이나 나왔고?"

"30여 명 구출하고 70여 명은 시신으로… 아직 생사조차 확인되지 않는 아이들이 20여 명이랍니다."

"은재구 손자는?"

묻고 싶지 않았지만 물었다. 아이가 무슨 죄가 있을까?

"못 구한 모양입니다. 은재구도 여전히 거기 있는 모양입니다."

"그 잘난 권력으로도 못 구해?"

"현장에 나온 대통령에게 폭언을 퍼부었다더군요. 게다가 아는 심령학자와 무당까지 데려와 손자를 찾으려고 혈안이……."

"심령학자와 무당?"

"아까도 한군데 점지를 받아 확인했지만 헛발질로 나왔다고 보도가……."

"다른 부모들은 더 애가 타겠군. 은재구처럼 현장에 접근할 수도 없을 테고……."

"그렇겠죠."

"심령학자와 무당이라……."

강토가 생각에 잠겼다. 그런 예는 많이 보았다. 과학으로 안 되면 주술이라도 동원하고 싶은 게 인간의 마음. 그렇게라도, 한 생명이라도 살릴 수 있다면 얼마나 좋을까?

'그렇다면 나도?'

강토의 머리에 불이 들어왔다. 시크릿 메즈를 이용하면 한 생명이라도 구하는데 도움이 될 수도 있을 것 같았다.

"박사님, 저 이것 좀 빼주세요!"

결단을 내린 강토가 링거줄을 바라보았다.

"가시게요?"

"좋게 보면 이상 없다면서요? 저 바쁜 거 아시죠?"

강토의 표정은 단호해 보였다.

"……?"

밖으로 나온 문수는 놀라 입을 다물지 못했다. 강토가 말한 지시 때문이었다. 조수석에 앉은 강토, 딱 한마디를 했다.

"싱크홀 붕괴 현장으로!"

우우우!

현장에 도착한 강토는 귀를 울리는 이명을 들었다. 주변은 아직도 먼지 냄새가 매캐했다. 한쪽에서는 중장비가 잔해를 치우는 게 보였다. 구조대는 많았다. 그러나 싱크홀이 문제였다. 여전히 원인을 찾아내지 못한 당국이었다.

강토는 현장에서 구조 책임자를 만났다. 반석기와 장철환의 소개 덕분이었다. 육 비서관이 직접 달려와 강토의 뜻을 전했다. 다행히 아이들 보호자들 중에서 몇 사람이 강토를 알아보았다. 그들은 강토의 손을 잡고 울먹거렸다.

"부탁합니다. 우리 아이 좀 꺼내주세요. 틀림없이 저 안에 있다고요."

보호자들은 지푸라기라도 잡았다. 꼭 잡았다.

"최선을 다하겠습니다."

강토는 짧은 인사를 남기고 현장에 도착했다.

"이걸 쓰고 가시죠. 2차 붕괴 위험이 있어 어디든 위험합니다."

구조대장이 헬멧을 건네주었다. 강토에게는 두 명의 구조대원이 보조로 따라붙었다.

"유치원 매몰 장소가 어디죠?"

헬멧을 쓴 강토가 물었다.

"이쪽으로 오시죠."

대원이 안내에 나섰다. 강토는 문수를 두고 그를 따라나섰다. 그때였다. 저만치서 허겁지겁 달려오는 사람이 보였다. 헬멧을 쓴 은재구였다.

"이봐!"

그가 강토를 불러 세웠다. 강토가 물끄러미 돌아보았다.

"당신, 이강토지?"

"그렇습니다만."

강토가 대답했다.

"당신이 왜 여길 온 거야? 누구 마음대로?"

"진정하십시오. 어린이들 구조에 도움이 될까싶어서 제가……"

구조 대장이 설명에 나섰다.

"구조? 무슨 헛소리야? 오히려 애들을 위험에 **빠뜨릴** 수도 있어!"

은재구가 소리쳤다.

"염려 마십시오. 그냥 현장 돌아보고 생존자 파악과 구조에 협조하는 수준입니다."

"닥쳐, 어이, 육지환이, 저 친구 당신이 데려왔어?"

은재구가 육 비서관을 향해 핏대를 올렸다.

"온 국민이 힘을 합칠 때 아닙니까?"

육 비서관은 침착하게 응수했다.

"온 국민? 저 친구는 국회조차 모독하는 불손한 친구야. 무슨 의도가 있는 줄 알고 여기 투입한단 말인가?"

"죄송합니다만 어떤 분은 무속인까지 동원했다는 말도 들었습니다."

"……?"

"의원님도 현장을 다니셨지 않습니까? 그냥 돌아보는 정도니 너무 과민하지 않으셨으면 좋겠습니다."

"뭐라?"

"저기 학부모님들은 응원을 보내셨는데… 의원님도 사사롭게는 학부형이 아니십니까?"

의미심장한 한마디가 나왔다.

"……!"

은재구의 입이 닫혔다. 저만치에 포진한 학부형들 덕분이었다. 그들의 응원 소리가 날아온 것이다. 때늦게 달려온 은재구의 아내도 한몫을 했다. 그녀 역시 강토에 대한 기대감으로 은재구를 잡아끌었다.

"끄응!"

은재구는 입술을 깨물며 분루를 삼켰다.

'사모님이라……'

강토의 눈이 반짝 빛을 발했다. 그녀의 눈을 향해서였다. 그녀는 지심철 패드도 가지고 있지 않았다.

"대표님, 조심하십시오!"

출발하는 강토를 향해 문수가 소리쳤다.

사박사박!

살얼음을 밟는 듯 걸음 하나도 조심스러웠다. 혹시라도 아래에 사람이 있다면 작은 붕괴라도 영향을 미칠 수 있기 때문이었다.

―삼풍백화점 붕괴!

―대만의 빌딩 붕괴!

―중국의 빌딩 붕괴!

―방글라데시 건물 붕괴!

뉴스에서 보여주었던 건물 붕괴 사고들이 스쳐갔다. 가난한

나라들은 손으로, 삽으로 구조를 진행했다. 하지만 산업화의 극치에 도달한 일본이나 한국 역시 별로 다를 것이 없었다. 중장비는 넉넉하다지만 무차별로 투입할 수가 없는 것이다.

"이 부근입니다."

대원이 걸음을 멈췄다. 콘크리트 파편과 집기의 파편으로 아수라가 된 곳이었다. 말쑥하던 유치원은 사라지고 황량한 잔해의 산으로 변한 공간. 이 아래 어딘가에 유치원 아이들과 사람들이 있을 것이다.

자세를 낮춰 잔해 사이에 귀를 대보았다. 조를 이룬 구조대원들 역시 곳곳을 두드리거나 감측기 등으로 생존자나 시신의 위치를 찾고 있었다.

'차태혁……'

6번 뇌를 떠올렸다. 극한의 극한에 몰려서도 자신을 포기하지 않은 그. 그리하여 마침내 매직 뉴런이라는 기적을 만들어 낸 차태혁.

'헤이, 내 생각인데……'

강토는 하늘을 바라보며 계속 중얼거렸다.

'기왕 만든 기적 여기다 꽃 좀 피워줘.'

나 좀 도와달라고.

매직 뉴런이 기억을 탐색하고 뇌만 쥐락펴락하는 게 아니라 다른 일도 할 수 있을 거 같거든.

강토는 저만치의 구조대에게 테스트를 실시했다.

10미터!

15미터!

매직 뉴런에게는 거리의 한계가 있었다. 하지만 그건 상대를 제압하거나 기억을 엿볼 때의 일. 단순히 상대에게 닿기만 하는 거라면?

'젠장!'

강토는 20여 미터도 넘는 곳의 소방대원을 겨누었다. 닿았다. 통제는 쉽지 않지만 닿는다는 느낌은 확실하게 왔다.

'좋았어!'

강토는 구조대원들과 머리를 맞댔다. 잔해 위에는 유치원의 건축설계도가 놓였다. 싱크홀 붕괴가 일어났을 때 아이들은 주로 어디에 있었을까? 건물은 유치원의 왼쪽에서 무너졌다. 구조대원들은 여러 상황을 종합해 아이들이 있을 법한 장소 네 곳을 짚어주었다. 실제로도 아이들 구조와 함께 사체가 많이 나온 곳들이었다.

그 자리로 갔다. 강토는 잔해 위에 무릎을 꿇었다.

부탁해!

가만히 중얼거렸다.

부탁해!

한 번 더 중얼거리면서 바로 매직 뉴런을 출격시켰다. 다른 때보다 갑절의 에너지를 탑재한 시크릿 메즈였다.

'시크릿……!'

메즈!

비장한 마음과 함께 매직 뉴런들이 잔해 공간을 비집고 들어갔다.

실패!

매직 뉴런이 희미해지면 1미터 옆으로 시선을 옮겼다. 아이들이 매몰되었을 것으로 추정되는 장소를 다 훑을 생각이었다.

실패!

세 번, 다섯 번, 일곱 번까지 소득이 없었다. 잠시 숨을 돌린 강토는 대원이 주는 물을 받아마셨다. 그들도 파리한 강토가 걱정이 되는 눈치였다.

안 되는 걸까?

슬슬 지켜가기 시작할 때 첫 반응이 왔다.

"……!"

강토는 앉은 채로 휘청거렸다. 깊었다. 직감으로 보아 16미터쯤 아래였다. 아이가 있었다. 여자였다. 살아서 울고 있었다.

"찾았어요!"

강토가 벌떡 일어섰다.

"……?"

대책 본부와 교신을 하던 대원들이 미친 듯이 돌아보았다.

"여기예요. 약 16미터 아래요. 여자아이가 있어요. 이름은 강지예고요!"

대원들은 아이들 명단을 넘겼다. 강지예가 거기 있었다. 아직 구출하지도, 시신이 나오지도 않은 아이였다. 장비와 대원들이 몰려왔다. 강토는 체크를 끝낸 쪽으로 접근하도록 당부했다. 혹 다른 아이가 있다면 위해를 받을 수 있기 때문이었다.

사투가 벌어졌다. 2시간 가까이 공간을 내고 들어가자 줄을 타고 내려간 대원에게서 무선이 올라왔다.

"강지예, 구출 완료, 구출 완료!"

"와아아아!"

현장의 구조대원들이 서로를 얼싸안았다. 함성이 그치기도 전에 아이가 올라왔다. 연락을 받고 달려온 아이 엄마가 확인에 나섰다.

"으아악, 지예야!"

엄마는 아이를 안고 자지러졌다.

"고맙습니다. 고맙습니다!"

엄마는 아이를 안은 채 허리가 부러져라 강토에게 인사를 했다. 그사이에도 눈물은 강물이 되어 그녀의 볼을 적셨다. 강토는 어쩔 줄 모르는 엄마를 앰뷸런스 쪽으로 모셨다.

"고맙습니다. 이 은혜 절대 안 잊을게요!"

엄마는 앰뷸런스 속에서도 몇 번이고 소리쳤다.

"이 대표님!"

육 비서관이 다가왔다.

"장 고문님께 연락했습니다. 낭보를 들으시더니 당장 달려오시겠다더군요."

"그보다 이제 다들 좀 비켜주시죠. 다른 아이를 찾아야죠!"

강토의 눈은 다음 장소를 겨누었다.

20분쯤 후에 다른 아이를 찾아냈다. 이번에는 두 명이었다. 둘 다 남자아이였다. 둘은 서로를 꼭 껴안은 채 잔해 사이에 난 좁은 틈에서 울고 있었다.

구조가 진행되는 동안 강토는 또 다른 곳을 뒤졌다. 10여 미터 거리를 두고 여자아이가 하나 더 발견되었다. 이 아이는 중상이었다. 잔해가 2차 붕괴 되면서 아이의 빗장뼈를 눌러버린 것. 아이는 거의 가사 상태에서 엄마를 부르고 있었다.

"이쪽이 더 급합니다. 여기부터 구출하세요!"

강토가 위치를 알리자 구조대원들이 몰려왔다.

"이강토, 이강토!"

저만치 대책 본부 앞에서 강토를 연호하는 소리가 들려왔다. 학부형들이었다. 아이들이 연이어 구출되자 학부형들이 강토 응원에 나선 것이다.

"힘내라, 이강토!"

"우리 아이 꼭 찾아주세요!"

그 말은 모두의 심금을 울렸다. 강토 역시 콧날이 시큰한 채 숨을 돌렸다. 잠깐도 쉴 수 없는 형편이었다. 은재구가 다시 등장한 게 그때였다.

"……?"

은재구를 바라보던 강토가 소스라쳤다. 옆에 포진한 사람들 때문이었다. 그들이었다. 월드 초능력 학회의 멤버들. 그중에서도 크라이머와 데이비스였다.

"이 사람들도 돕기를 원하오. 저기 저 친구보다 뛰어난 사람들이니 현장 투입을 허락하시오. 신분 보증은 내가 하겠소."

은재구는 구조 대장에게 일방적으로 통보했다. 강토를 보고 그들을 떠올린 은재구가 손자를 위해 부탁한 것이다. 대장은 잠시 망설이다가 수락을 했다. 상대는 끝발 날리는 정치인. 게다가 강토가 활약하는 걸 보았으니 딱히 말릴 이유가 없다고 판단한 것이다.

"……!"

"……!"

강토와 데이비스, 미묘한 곳에서 만났다.

제5장
원초적 대결

"헤이!"

데이비스가 손을 내밀었다. 강토를 알아보는 것이다. 공항에서는 그저 스쳐 지나갔던 소년. 그러나 메아리처럼 이명을 울리던 그의 목소리. 환상이 아니었던가?

"안녕!"

강토도 그 손을 잡았다. 데이비스의 눈은 안으로 깊었다. 겉보기에는 원망이 느껴지지 않았다.

"나 기억해요?"

데이비스가 물었다. 영어였다.

"……."

"당신이 나에게 20달러를 줬어요."

"……."

"나는 당신을 알아요."

"……."

"20달러 때문이 아니고 우리 아빠……."

"……."

"당신을 만나고 싶었는데 이런 데서 보게 되네요."

"……."

"우선은 사람부터 구하는 게 순서겠죠?"

거기까지 말한 데이비스가 돌아섰다. 강토는 여전히 같은 표정이었다. 영어를 못 알아들어서는 아니었다. 데이비스의 말 때문이었다. 그가 두 강토를 다 기억하고 있었다. 마술 손님으로서의 강토와 자기 아버지와 겨뤘던 강토…….

생각보다 강한 아이였다. 적어도 겉보기에는 그랬다.

시크릿 메즈!

시도할 수 있었지만 하지 않았다. 데이비스가 옳았다. 우선은, 아이들을 찾는 게 우선이었다. 강토는 다시 설계도를 보면서 아이들의 자취를 찾기 시작했다.

화장실 쪽에서 한 아이가 더 발견되었다. 여자아이였다. 아이 역시 양팔이 잔해더미에 끼었다. 아파서 울 힘도 없었다.

"여기요!"

강토가 구조대원을 향해 손을 들었다. 바로 그때, 데이비스도 손을 들었다. 그도 아이의 위치를 찾아낸 것이다. 은재구가 달려왔다. 데이비스가 찾은 아이를 빨리 꺼내라고 성화를 했다. 아이가 나왔다. 남자아이였다,.

"……!"

은재구의 눈이 뒤집히는 게 보였다. 그의 손자가 아니었다.

"여자아이가 나왔습니다. 이름은 김혜림!"

"김혜림 어머니 모셔!"

뒤이어 강토가 짚어준 장소가 웅성거렸다. 보호자가 달려오자 또 한바탕 눈물바다가 되었다. 아이의 어머니는 강토를 붙잡고 한참을 울었다.

먼동이 트기 시작했다. 그렇게 구조한 아이들이 모두 여섯이었다. 새벽이 왔다. 구조대원들이 따뜻한 차와 간식을 가져왔다.

"유치원 학부형들이 선생님께 꼭 전해달라고……."

간식을 건네는 대원들 눈이 젖어 있다. 강토는 김밥 한 줄을 집고 나머지는 대원들에게 나눠주었다. 그들이 주인공이다. 묵묵한 다수가 아닌가? 설령 강토가 위치를 찾아낸다고 해도 그들의 땀과 염원이 없이는 구조할 수 없는 아이들. 그럼에도 공은 강토가 차지하는 것 같아 미안한 마음이 들었다.

차를 마실 때 은재구가 시선에 들어왔다. 그는 직접 데이비스와 크라이머를 챙기고 있었다. 강토에게는 눈길 한 번 주지 않았다. 쉬는 막간을 이용해 그의 뇌를 체크했다. 화물차 사건이었다.

"제가 한번 묘책을 내보겠습니다."

4급 비서관 조혁모가 충성을 낭비하는 장면이 나왔다. 은재구는 말하지 않았다. 그저 고개만 한 번 끄덕거렸을 뿐. 일이 잘못되어도 빠져나갈 길을 계산한 것이다.

─그런 지시한 적 없어.

그렇게 말하겠지.

맞는 말이었다. 은재구는 지시하지 않았다. 암묵적인 동의를 했을 뿐.

'교활한……'

강토는 매직 뉴런을 회수했다. 구역질이 났다. 언제나 멈출까? 비리 국회의원들의 머리를 엿보면 저절로 올라오는 이 구역질…….

본부석 쪽으로 돌아간 은재구에게 조혁모 비서관이 담요를 둘러주었다. 은재구가 경건한 척 두 손을 모았다.

기도였다.

우엑!

이제는 기어이 헛구역질을 하고 마는 강토.

저 기도가 숭고한 것인가? 이기적인 기도가 분명했다. 그는 여기 묻힌 사람들이 아니라, 오직 그의 손자를 위해 기도하고 있을 테니까.

다시 자리를 잡았다. 유치원이 있던 자리는 거의 다 체크한 강토. 이제는 그 외곽의 공간을 체크할 순서였다. 혹시라도 충격으로 튕겨나가거나 혹은 작은 마당에서 사고를 당한 아이도 있을 수 있기 때문이었다.

"……?"

소득이 있었다. 이번에는 선생님이었다. 스물 여섯의 김미라 선생님이었다. 강토의 신호를 받은 구조대원들이 쏜살처럼 밀려들었다. 그들은 9미터 깊이의 잔해를 기어이 뚫고 들어갔다. 그런데… 안으로 들어간 구조대원의 무전이 대박이었다.

"생존자 발견. 선생님 확인, 남자아이를 온몸으로 보호하고 있음. 아이 먼저 올라감!"

와아아!

다시 환호가 터졌다. 굉장한 낭보였다. 강토가 찾아낸 선생님이 잔해 더미에서 아이를 온몸으로 보호하고 있었던 것.

"잘하셨습니다!"

강토를 지원하던 두 대원이 주먹을 불끈 쥐어보였다.

그 사이에 아이가 나왔다. 이어 선생님도 올라왔다.

"민욱이는요?"

선생님은 아이부터 찾았다.

"아이도 무사합니다."

대원이 말했다. 선생님은 그제야 두 눈을 감고 무너졌다.

와아아아!

"두 명입니다. 이강토 씨가 두 명을 찾았어요!"

대원들의 환호와 무전을 뒤로 하고 다른 공간을 뒤졌다. 반응이 없었다. 다시 다른 곳. 또 실패… 허덕이는 숨결을 참으며 또 다른 공간으로 매직 뉴런을 출격시킨 강토, 매케한 콘크리트 냄새를 타고 돌아오는 반응에 움찔 흔들렸다.

아이였다.

남자였다.

아이의 이름은 준서…….

"……!"

강토는 한 번 더 흔들렸다. 아이의 성은 은 씨였다. 합쳐놓으니 은준서가 되었다. 바로 은재구의 손자. 머리카락이 삐죽거렸지만 망설임 따위는 없었다. 은재구가 무슨 상관이랴. 강토는 그저 생명을 구하고 있는 중이었다.

"여기요!"

다시 강토가 두 손을 저으며 대원들을 불렀다.

"생존자 발견, 이름은 은준서, 은준서!"

대원들의 무전이 허공을 흔들었다. 강토는 구조 본부 쪽을 바라보았다. 영락없었다. 구조대원들을 헤치고 폭주하는 사람, 바로 은재구였다.

"준서야!"

은재구는 현장 대원들까지 밀치고 접근했다.

"이러시면 안 됩니다. 대원들이 위험합니다!"

구조대원 둘이 그를 막았다. 겨우 확보한 구멍으로 잔해가 떨어질 수 있기 때문이었다. 그래도 은재구는 막무가내였다. 줄을 당기는 대원을 밀고 같이 줄을 당겨 아이를 안아들었다.

"준서야!"

"……!"

이번에는 아무도 눈시울을 적시지 않았다. 은재구의 지나친 오버에 오히려 눈살을 찌푸릴 뿐이었다.

"앰뷸런스, 앰뷸런스 뭐해? 의사는 어디 있어?"

은재구가 소리쳤다. 옆으로 다가선 보좌관이 그를 진정시키는 모습이 보였다. 은재구는 손자를 안고 강토를 스쳐갔다. 고맙다는 인사도 없었다. 서운하지 않았다. 기대한 것도 아니었다.

그 구조가 유치원 쪽에서 나온 마지막 낭보였다. 강토도 데이비스도 더는 생존의 흔적을 찾지 못한 것이다.

장소를 옮긴 강토와 데이비스는 빌딩 쪽에서 여섯 명의 생존자를 더 찾아냈다. 그중 다섯은 무사히 구했다. 하지만 한 명은 구조하는 사이에 숨을 거두면서 죽은 목숨으로 나오고 말았다.

하루를 더 있었다.

생존자는 찾지 못했다. 문수와 덕규가 그만할 것을 권했지만 강토는 그치지 않았다. 결국 장철환과 반석기가 설득하고서야 강토는 생존자 수색을 그만 두었다.

다시 차영아의 병원으로 왔다. 뇌 사진을 찍었다. 초능력 학회 존 슈타인이 참관을 했다. 찍는 김에 국회 검증 몫을 더한 것이다. 도핑테스트도 병행되었다. 존 슈타인은 강토에게서 채취한 샘플을 절반으로 나눠 정정련이 내세운 분석 기관에 나눠주었다. 이견을 막기 위한 사전 조율이었다.

병실은 꽃으로 채워졌다. 시민들은 물론 외국에서까지 꽃이 답지했다. 뿐만 아니라 병실 밖의 복도와 병원 입구에도 꽃이 쌓였다. 그 가운데는 도노반이 보낸 화환도 있었다.

〈우리의 희망 이강토〉

사람들은 강토를 그렇게 불렀다.

대통령이 다녀갔다. 아버지와 김무혁 의원, 공허 스님과 정 간사도 다녀갔다. 코빼기도 보이지 않은 건 은재구뿐이었다. 기다리지도 않았지만 메마른 인간성에 신물이 났다.

아인은 아예 마이크를 들고 나타났다. 그녀는 강토의 병실 인터뷰를 통해 강토를 부각시켜주었다. 병원에 실려 온 아이들과 그 부모들의 인터뷰를 곁들이며 효과를 높였다.

"우리의 희망은 정치인도 관리도 아니고 오직 그분이었습니다!"

처음 구출된 아이의 엄마였다. 그 말은 방방곡곡에 반향이 되어 울려 나갔다. 동시에 데이비스도 함께 부각이 되었다. 그 역시 대우 받아 마땅한 활약을 했기 때문이었다.

병실로 찾아온 뜻밖의 손님이 있었다. 둘이었다. 한 사람은 남국선 한의사였다. 때늦게 소식을 들은 그는 황금 장침을 싸들고 달려왔다. 그걸로 시침을 해주었다. 뇌로 통하는 혈맥에 황금 장침이 꽂혔다.

"……!"

놀라웠다. 무겁던 머리가 단박에 맑아지는 것 같았다.

와우!

강토는 신묘한 효과에 놀라 어쩔 줄을 몰랐다.

"머릿속에 가득하던 안개가 사라진 느낌인데요?"

강토의 표정은 단박에 밝아졌다.

"이제 제법 전성기 흉내를 내니까 언제든 내려와요. 이 대표에게는 평생 무료입니다!"

남국선은 해탈한 미소를 남기고 돌아갔다.

다음은 그 소년이었다. 데이비스. 그가 또다시 강토 앞에 선 것이다.

데이비스!

웃고 있었다. 보일 듯 말 듯한 미소였다. 소년이 꽃을 내밀었다. 강토는 천천히 꽃을 받았다. 소년은 강토를 향해 엄지를 세워 보였다. 강토도 그랬다. 데이비스도 매몰 현장에서 어린이 한 명과 성인 두 명을 구했으니 영웅에 다름 아니었다. 강토는 그 능력을 높이 쳐주었다.

배석한 문수와 덕규는 초긴장 상태였다. 강토는 태연하지만 상대는 강토를 검증할 사람들이었던 것.

"어떠세요?"

소년이 물었다. 눈은 여전히 샘물처럼 맑았다.

"그럭저럭!"

"오늘은 얘기 좀 할 수 있어요?"

"물론!"

"나는 당신을 알아요!"

다시 소년이 말했다. 붕괴 현장에서 했던 그 말이었다.

"아버지가 말했어요. 경찰의 총에 맞기 전에… 중국 회사로부터 일감을 받았다면서… 법원에서 당신을 만난 이야기……."

'그랬군.'

긴 문장에는 문수의 보충 통역을 붙였다. 데이비스는 양편의 강토를 다 기억하는 게 맞는 것 같았다. 20달러의 강토와 자기 아버지와 맞선 강토…….

"그래서 제가 왔어요."

소년은 야무지게 말을 이어놓았다. 아이답지 않은… 암시가 많은 듯한 말이었다.

"마지막이 되던 그날, 당신에게 가기 전에 말했거든요. 혹시 아버지가 잘못되면 당신을 기억해 두라고."

"……"

"아주 굉장한 상대라고!"

소년의 초점이 강토에게 맞춰졌다.

"나는……."

"알아요. 당신이 우리 아버지를 죽일 생각은 없었다는 거. 아버지도 그렇게 말했어요."

"……"

"아버지는 굉장히 놀란 것 같았어요. 평생 아버지의 상대가 되는 사람은 나뿐인 줄 아셨거든요."

"……?"

"한국에서 초능력자를 찾는다는 공지를 듣고 기꺼이 크라이머에게 떼를 썼어요. 내가 가겠다고."

"……"

"당신을 검증하는 일이라기에……."

"……"

"당신, 세타파로 상대의 뇌를 읽는 능력을 가지고 있지요?

때로는 상대의 뇌를 장악하기도 하기요."

"……?"

듣고 있던 강토가 주춤 흔들렸다.

"아버지가 그랬어요. 당신은 뇌를 읽고, 뇌를 조종하며, 뇌에 위해를 가하기도 한다고."

"……."

"확인하고 싶어요!"

"뭘?"

"당신이 정말 그렇게 대단한 건지 말이에요."

"……?"

"참고로 말하자면 아버지보다 내가 좀 더 세요. 열 번쯤 겨뤄서 여덟 번을 내가 이겼거든요."

"……!"

"겨뤄볼래요? 당신을 검증하는 자리는 이런 일이 마땅치 않을 것 같아서 따로 제의를 하는 거예요. 다른 사람과 조금 다른 능력을 가진 사람으로서!"

─다른 사람과 조금 다른 능력.

그 말이 강토의 마음을 휘저었다. 강토는 오늘도 매직 뉴런을 깨우지 않았다. 소년의 기억을 꺼내볼 생각은 없었다. 그 마음에 공감하기 때문이었다.

과학으로는 설명되지 않는 이능력. 강토는 그걸 6번 뇌에게서 얻었다. 그렇다면 소년은 어떻게 능력을 얻었을까? 나이로 보아 수련은 아니었다. 기공선사 쑤찬과는 다른 것이다. 그럼 타고 난 것일까?

"언제?"

강토가 물었다.

"대표님!"

문수가 만류의 목소리를 날렸다. 거푸 무리를 하고 있는 강토. 걱정되지 않을 수 없는 일이었다.

"괜찮아. 데이비스도 붕괴 현장에서 나와 같이 밤을 새웠어."

강토는 문수를 일축했다.

"하지만……."

"언제?"

문수를 외면하며 다시 소년에게 물었다.

"나는 당장에라도 상관없어요."

"……."

"며칠 기다려도 상관없고요."

"어떻게?"

"그것도 아무렇든 상관없어요."

"잠깐!"

거기서 크라이머가 나섰다.

"당신, 도구를 쓰나요?"

크라이머가 강토를 바라보았다.

"아닙니다만!"

"그럼 인간의 원초적 자연 상태로 겨루길 권합니다."

자연 상태?

강토가 바라보자 크라이머가 고개를 끄덕해 보였다. 강토가 상상하는 그게 맞는다는 의미였다.

원초적 자연 상태!

푸헐!

달리 말해 태초의 모습이다.

태초의 모습?

*   *   *

태초의 모습!

알 것 같았다. 상상하면 흉측하지만 가장 공정한 조건이기도 했다.

초능력.

예지나 투시, 텔레파시 등을 가리킨다. 그것 외에도 염력이나 최면술을 들 수 있다. 그러나 상당수 사람들은 속임수를 쓴다.

크라이머의 의도를 알 것 같았다. 그는 데이비스가 어리다는 걸 염두에 두고 있었다. 그렇기 때문에 애당초 속임수를 쓸 수 없는 조건을 제시한 것.

"오늘 저녁!"

강토의 입이 열렸다.

"대표님!"

문수가 다소 격앙된 반응을 보였다.

"오늘 저녁, 괜찮겠니?"

강토는 거듭 말했다. 이제 고작 이틀이 남은 국회 검증. 황금 장침 덕분에 기력도 괜찮아졌으니 미룰 것도 없었다. 어쩌면 차라리 잘된 일이었다. 소년의 능력을 미리 알 수 있게 된 것이다.

"Of course!"

데이비스가 웃었다. 전혀, 문제없다는 표정이었다.

"대표님, 이건 무리입니다!"

데이비스가 나가자 문수가 목청을 높였다.

"알아!"

강토가 대답했다.

"그런데 왜?"

"만약 말이야 데이비스가 초강자라면… 미룬다고 뭐 달라지는 게 있을까?"

"……?"

"머리 좋은 사람이 왜 그래?"

"대표님……."

"국회에서의 검증… 중요하잖아? 내가 강하다는 게 입증되면 좀 편하게 검증에 임할 수 있을 테고 만약 내가 깜냥이 안된다면 방 실장이랑 머리 합쳐서 굴려보자고."

"……."

"그래도 내가 잘못 생각한 거야?"

"아닙니다."

"급 궁금하네."

강토는 턱을 괴고 천장을 바라보았다.

"뭐가 말입니까?"

"데이비스 말이야. 솔라몬을 봐서는 염력으로 내 뇌파를 압박할 거 같은데… 아버지에게 얘기를 들었다니 내가 뇌파를 쓴다는 것도 알고 있겠지?"

"그럴 가능성이 큽니다."

"내가 불리하네?"

"아마도요. 솔라몬이 대표님 이야기를 했다면 소년은 대표님의 능력을 알고 있는 거 아닙니까?"

"뭐 그렇게 따지면 나도 꼬맹이 아버지를 상대해 봤으니까."

"그래도 데이비스 말이 마음에 걸립니다."

"자기가 아버지보다 더 세다는 말?"

"아이입니다. 닳고 닳은 어른들처럼 거짓말을 하는 건 아닌 것 같았습니다."

"거짓말 아닐 거야."

"검증보다 더 큰 산이 될 지도 모릅니다."

"너무 걱정하지 마. 그래도 내가 꼬맹이보다 어른인데 지기야 하겠어?"

"대표님……."

"형, 찜찜하면 말해. 내가 그때처럼 하이킥으로 한 방……."

옆에 있던 덕규가 끼어들었다.

"장소가 어딜 줄 알고?"

강토가 웃었다.

"그런데 아까 그 말 말이야 자연 상태라면 설마하니 홀딱 벗고 맞장뜨는 건 아니겠지?"

"그럴 지도 모르지."

"울라? 그럼 설마 목욕탕 같은 데서 붙는 거야? 너는 찬물로 공격해라. 나는 뜨거운 물로 막겠다!"

덕규가 장풍 시늉을 내며 말했다.

"거기까지 와서 우리 덕규, 쌍방울 흔들면서 하이킥 날리면 뉴스 좀 타겠네."

"워워어, 절대 사양. 우리 엄마가 그 뉴스 들으면 나 돌아버린 줄 알고 목을 매달지도 몰라."

덕규가 손사래를 쳤다. 덕규 덕분에 한바탕 웃었다. 하지만 덕규의 말이 씨가 될 줄은 아무도 상상하지 못했다.

염력.

사이코키네시스(psychokinesis)라고도 부른다. 물리적 수단을 이용하지 않고 물리적 효과를 일으키는 능력이다. 알고 보니 이런 능력은 어린이들에게 더 많았다. 데이비스가 그의 아버지보다 강한 이유의 설명이기도 했다.

그러나 솔라몬의 능력은 통상의 염력 저편에 있었다. 그 역시 원거리에서 대상자들을 공략했다. 원거리의 공략…….

"……!"

강토의 등골에 한기가 스쳐갔다. 미국 변호사들의 뇌를 압박한 그의 의지. 송 부사장을 늘어뜨린 그의 파워. 그것 역시 일종의 뇌파가 분명했다.

싱크홀 현장에서도 그랬다. 데이비스 또한 심연의 집중으로 흙더미에 묻힌 아이들의 위치를 찾아냈다. 그런데…….

'젠장!'

이번에는 머리카락까지 쭈뼛 서버렸다. 그 과정 때문이었다. 데이비스. 처음에는 그저 강토를 바라볼 뿐이었다. 그런 다음 강토와 비슷한 자세를 취했다. 다른 점은 그가 선 자세였다는 것뿐.

'설마?'

이마에서 식은땀이 흘러내렸다. 강토는 바랐다. 지금 생각하는 이 설마가 맞지 않기를… 제발 그렇기를…….

끼익!

차가 멈췄다. 데이비스가 지정한 장소였다. 그냥 평범한 상가 빌딩이었다.

"저기 있습니다."

조수석의 문수가 앞을 가리켰다. 데이비스가 보였다. 상가의 입구에 혼자였다.

"아, 새끼… 쪼그만 게 간덩이도 크네. 남의 나라에서 어린 게 혼자……."

덕규가 혀를 찼다.

"좀 이상한데요? 태초의 대결이라더니 왜 상가에서?"

문수가 강토를 돌아보았다.

"저기 피자집하고 치킨집이 있네? 애들답게 먹방 대결하자는 거 아닙니까? 먹는 것도 원초적 본능이니까."

덕규의 말은 문수의 눈빛에 묻혀 버렸다. 그 덕분에 상가 간판을 바라보던 강토, 그 눈에 답이 들어왔다.

〈대중 사우나〉

피자 간판 위에 그 간판이 있었던 것이다.

"오매, 그럼 진짜로 목욕탕에서?"

덕규가 진저리를 내는 순간 강토가 내렸다. 기왕에 약속한 일, 장소가 문제될 건 아니었다.

"조심하십시오."

문수의 말이 조금씩 멀어졌다. 대신 데이비스가 조금씩 가까워졌다. 강토를 본 데이비스가 안으로 걸음을 옮겼다.

자박자박!

데이비스는 또박또박 계단을 밟고 내려갔다. 아이지만 흔들림 같은 건 보이지 않았다. 복도의 맨 끝에 사우나 입구가 보였다. 문은 저절로 열렸다. 데이비스의 염력이었다.

그 안에 크라이머와 존 슈타인이 있었다. 강토를 보자 둘은, 가벼운 눈인사를 건네 왔다.

〈아저씨!〉

순간 강토 뇌에 전음이 들려왔다. 소리도 없는 소리의 전달이었다. 놀란 강토가 고개를 들었다. 데이비스의 눈과 닿았다. 소년의 소리가 분명했다.

'텔레보이스?'

강토의 눈이 물었다. 소년은 알아듣기라도 한 듯이 끄덕 고개를 숙여보였다. 이 아이, 전음까지 구사할 수 있단 말인가?

"원하시면 일행을 데려와도 좋아요. 단 여기까지만이에요."

데이비스가 선을 그었다. 이번에는 목소리였다. 강토는 핸드폰을 꺼내 문자를 보냈다. 문수와 덕규를 위한 배려였다. 밖에 두면 온갖 걱정을 할 수도 있으므로.

그사이에 습기 찬 목욕탕 문이 열렸다. 그 또한 데이비스의 염력이었다.

"들어오세요!"

문턱에서 데이비스가 강토를 바라보았다. 아이는 이미 자연 상태의 몸이었다.

〈옷은 벗고요.〉

다시 전음이 들렸다. 정확하게 측두엽, 청각을 관장하는 곳으로 바로 치고 들어온 소리였다. 탈의실은 텅 비어 있었다. 데이비스 측에서 통째로 빌린 모양. 옷을 벗은 강토는 이어 들어온 덕규에게 넘겨주었다. 탕 쪽으로 들어선 강토는 데이비스의 위력을 또 한 번 보게 되었다.

둥실!

안에 너저분한 통과 바닥 의자 등이 일제히 떠오른 것이다. 그것들은 데이비스가 바라보는 장소에 차곡차곡 쌓였다.

─목욕탕 안.

─강토와 데이비스.

두 태초의 인간이 자리를 잡았다.

"텔레보이스였지?"

강토가 물었다.

"역시 뇌파 능력자시네요."

"……?"

"아주 약하게 보냈는데 알아챘잖아요? 보통 사람들은 그 정도 강도의 텔레보이스는 알아듣지 못해요."

"나를 시험한 건가?"

"재미있잖아요?"

소년이 웃었다. 그럴 때는 어쩐지 순진해보이기까지 했다.

"이제 어쩌지?"

강토가 물었다.

"시계를 보세요."

소년이 벽시계를 가리켰다. 초침이 10을 넘고 있었다.

"초침이 12에 가면 시작해요."

'12…….'

전격적이었다. 소년은 거침이 없었다. 마치 하나의 게임을 하는 듯. 강토조차 그닥 의식하지 않는 듯…….

—어떻게?

—무엇을?

—어디까지?

그런 질문을 할 시간도 없었다. 초침이 계속 달리고 있었기 때문이었다.

58.

59.

60.

마침내 초침이 12 위에 올라앉았다.

"……?"

"……!"

강토와 데이비스의 시선이 가운데서 만났다. 그저 눈빛이었다. 강토의 시크릿 메즈는 잠잠했고 소년의 염력도 작렬하지 않았다.

"Why?"

"그러는 아저씨는요?"

"내가 더 어른이잖아."

"내가 초대했으니까 손님이에요. 유대인은 손님에게 우선권을 준다고요."

"……."

"어서요!"

"그럼……."

별수 없이 매직 뉴런을 띄웠다. 뉴런들은 강토의 눈앞에서 와르르 파워로 뭉쳤다.

'피할 수 없다면!'

와아앗!

강토는 소년을 향해 매직 뉴런의 줄기를 퍼부었다.

파앙!

그런데…

어찌된 일일까? 강토는 탄력의 실드라도 두드린 듯 제 풀에 밀려 나며 휘청거렸다.

"……?"

겨우 자세를 잡은 강토…….

〈봐주려고 하지 마세요!〉

소년의 전음이 들려왔다. 후우, 숨을 고르며 호흡을 가다듬었다. 그래. 그렇단 말이지. 살짝 오기가 생긴 강토, 이번에는 전력을 매직 뉴런을 퍼부었다. 결과는 엄청나게 달랐다. 아까보다 강력한 충격으로 튕겨난 강토의 몸이 탕까지 날아가 처박혀 버린 것이다.

첨벙!

푸아!

강토는 본능적으로 벌떡 일어섰다.

〈거의 성공할 뻔했어요.〉

소년이 웃었다. 강토는 고개를 털고 물 밖으로 나왔다.

〈이제 제 차례지요?〉

천진한 얼굴이 오히려 막막하게 느껴지는 소년. 딱히 윽박지르는 것도 아니건만 강토의 몸은 긴장으로 꼿꼿하게 서버렸다.

'억!'

그리고 느닷없는 뇌 압박을 느끼며 그 자리에 주저앉고 마는 강토였다.

"크헉, 캑캑!"

강토는 목에 걸린 숨결을 밭은기침으로 토해냈다. 짧았다. 불과 2~3초였다. 그런데 콧물과 눈물까지 범벅이 되는 고통이었다. 하지만 그건 강토만의 고통이 아니었다. 데이비스 역시 변화가 있었다. 심장 박동이 약해지는가 싶더니 온몸이 나른해져 버렸다. 가장 중요한 건 눈빛. 데이비스의 눈빛은 조금 전과 사뭇 달랐다. 담담하고 초연한 염력자의 그것이 아니었다. 어쩐지 나사가 풀린 듯 허덕이고 있는 것이다.

"컥커억!"

강토는 숨구멍을 트며 간신히 일어섰다. 숨을 돌린 강토는 데이비스의 뇌에서 매직 뉴런을 거두었다.

매직 뉴런!

기사회생에 가깝게 데이비스의 뇌로 들어갈 수 있었다. 이유는 시간 차 때문이었다. 첫 공격에서 데이비스의 위력을 알아챈 강토. 두 번째 공격에서는 매직 뉴런을 두 패로 나누었다.

―강력한 선발대.

―극소수의 특공 후발대.

강력한 선발대는 사력을 다해 데이비스를 때렸다. 물론 실패였다. 데이비스의 방어가 강력했던 것. 그러나 그 강함이 기회를 만들어 주었다. 선발대의 전력 공격을 막아낸 데이비스. 강토가 탕에 처박히자 방어막이 잠시 허술해졌고, 그 틈을 타고 남은 특공대가 들어갈 수 있었던 것이다.

재빨리 데이비스의 기억을 열었다. 기억 속에 솔라몬이 있었다. 소년이 말한 것과 같았다. 소년의 기억 속에 강토에 대한 원망은 없었다. 아버지를 쏜 건 경찰이기 때문이었다.

소년이 원하는 건 아버지가 이기지 못한 동양인 초능력자에 대한 호기심.

그게 주목적이었다.

강토는 급격히 떨어뜨린 아세틸콜린을 정상치로 돌려놓았다. 이 아이에게 기억상실증을 안겨주는 건 지나친 처사라고 생각한 것이다.

"후아!"

심장박동이 제자리를 찾자 소년도 강토처럼 거친 호흡을 토해냈다.

"Are you OK?"

강토가 물었다.

"아저씨는요?"

"I am OK."

"Me too."

소년이 어깨를 으쓱해 보였다.

"왜 치명타를 날리지 않았어요? 분명 내 뇌를 장악한 것 같았는데……."

소년이 물었다. 말이 길어지니 통역이 필요했다. 대충 들어서는 안 되는 말이기 때문이었다. 강토는 소년의 양해를 구하고 문수를 불러들였다.

"왜 봐줬냐고 묻는데요?"

문수의 통역이 시작되었다.

"그러는 너는? 나를 왜 안전한 물에다 빠뜨렸지? 벽까지 날려 보냈으면 끝났을 텐데."

"아저씨를 죽이러 온 건 아니니까요."

"나도 너를 죽이려고 대결한 건 아니야."

"그건 알고 있었어요."

"어떻게?"

"붕괴 현장에서 아이들 구할 때요. 거기서 아저씨 마음을 알았거든요."

"그건 너도 마찬가지야."

"마찬가지는 또 있어요."

"뭔데?"

"아저씨… 하나가 아니죠?"

"응?"

"한 사람이 아니라고요!"

데이비스가 강토를 바라보았다. 하나가 아니라고? 이 아이,
또 무엇을 알고 있단 말인가?

*　　　　*　　　　*

"아저씨의 뇌를 보면 다른 힘이 있어요. 나도 그렇거든요."

"……?"

"내 텔레보이스 말이에요. 그거 내 동생이 주고 간 목소리
거든요. 내 염력까지도요."

"데이비스……."

"난 원래 쌍둥이였어요. 동생이 진짜 초능력자였죠. 그런데
태어나기 전에 죽었어요. 뱃속에서 자기 능력을 다 나에게 몰
아주었어요."

"……."

"아저씨도 쌍둥이였어요?"

"응? 응."

얼떨결에 대답해 버렸다. 사실 강토는 살짝 제정신이 아니
었다. 차태혁의 느낌을 알아챈 소년 때문이었다. 이놈, 진짜
초능력자가 맞았다. 지금까지 강토가 본 그 누구보다 더.

"텔레보이스… 그거 너무 신기했어."

"신기하긴요. 아저씨 정도면 잠깐 빌려드릴 수도 있어요."

"빌려준다고?"

"아저씨도 염력 수준이 높잖아요. 내가 도와주면 잠깐은 사용이 가능해요."

"정말?"

"한 번 해보세요."

데이비스의 말에 강토가 문수를 돌아보았다.

〈목욕탕 매너가 그게 뭐야? 옷을 입고 들어오다니?〉

"······?"

강토의 말에 문수가 허둥거렸다.

"들었어?"

강토가 물었다.

"방금 그 말요? 진짜 대표님이 하신 거예요?"

"이야, 신기하네."

강토는 저절로 웃음이 났다.

"이제 검증날 뵈어요. 실은 아버지 일도 있지만 우리를 초청한 사람의 옵션이 많아서 확인을 겸했던 거예요."

"옵션이라고?"

"가급적이면 아저씨를 방해해달라고 하더라고요. 아저씨가 나쁜 사람이라고."

"······."

"하지만 아저씨 마음을 알았으니 정당한 검증을 할 거예요.

초능력자를 이상한 눈으로 바라보는 건 저도 싫거든요."

"고맙다."

"그럼 검증일에 뵈어요."

"그래. 네 아버지 솔라몬의 일은 유감이었어."

강토가 마음을 전했다. 데이비스는 강토를 바라본 후에 욕탕에서 나갔다. 원초적 대접전이 끝나는 순간이었다.

"진행 방식이 나왔습니다."

저녁에 정정련의 정 간사가 사무실로 찾아왔다.

"어떻게 한다던가요?"

강토가 물었다.

"국회 쪽에서 표본으로 내세우는 다섯 명에 우리가 추천하는 다섯 명을 합쳐 열 명의 마음을 맞추셔야 합니다."

열 명!

거기까지는 별 변동이 없었다.

"독심은 객관적인 것으로 정했습니다. 예를 들면 기업은행의 현재 통장 잔액, 졸업한 대학교, 현재 다니는 회사의 소속 부서, 최근에 다녀온 외국 등으로 말입니다."

"나쁘지 않군요."

"다만 두 명씩 다섯으로 묶겠다더군요. 그러니까 다섯 가지 주제를 맞추셔야 합니다."

"확인은 어떻게 하죠?"

"그 답은 저희와 국회 측 대표자가 검증 직전에 받아들고 있을 겁니다. 정답은 저희도 보지 않고 이 대표님의 검증 확인 때만 개봉합니다."

"나쁘지 않네요."

"다만……."

설명하던 정 간사가 말끝을 흐렸다.

"옵션이 또 있군요?"

강토가 정 간사를 바라보았다.

"예, 그게… 세부 사항 조율에서 이 대표님을 돕지 못했습니다."

"말씀해 보세요."

"이 대표님이 뇌파 독심을 할 수 없는 사람이 있잖습니까?"

"예……."

"그 한계는 둘로 정했습니다. 즉, 두 명까지는 봐드리지만 그 이상이면 검증은 실패로 하겠답니다. 예외가 많으면 신뢰할 수 없다고……."

"……."

"나아가 독심을 한 사람 중에서도 오답이 하나라도 나오면 그 또한 검증 실패로 보자는 겁니다. 이 검증은 잣대와 같아 실수를 허용할 수 없다고……."

"열 명이니까 최소한 8명을 맞추고, 그 맞춘 범위 내에서는 오답이 나오면 안 된다는 거로군요?"

"그렇습니다."

"……."

"다른 건요?"

"큰 그림은 다 나왔습니다. 약간의 이견이 있지만 별것 아닌 것으로 봅니다."

"예……."

"죄송합니다. 인간이 하는 일이니 한두 명 정도 예외를 둘 수 있지 않냐고 주장했지만… 워낙에 저들이 판 자체를 깨려 하는 통에……."

"괜찮습니다."

"컨디션은 어떻습니까? 싱크홀 현장에서 무리를 했으니 며칠 미루는 건 저들도 받아들일지 모릅니다."

"오히려 잘됐구나 하고 판을 깰 지도 모르죠. 제가 기권을 했다고 몰아붙이면서……."

"……."

"그냥 진행하겠습니다."

"저쪽이 내정한 검증자들이 생각보다 만만치 않은 것 같아서……."

정 간사가 신문을 내밀었다. 데이비스와 크라이머의 기사였다. 그들 역시 싱크홀 현장에서 사람들의 목숨을 구한 영웅. 초능력에 대한 심층 기사가 전면을 차지하고 있었다. 기사 안에 은재구도 있었다. 초능력 학회를 추천한 의원 중의 한 명으로 나왔다. 은근히 자기 공을 과시하고 있는 것이다.

"한잠 푹 자고 나면 괜찮을 겁니다."

"이제 모든 건 이 대표님에게 달렸습니다."

"그런가요?"

"푹 쉬시고 힘을 비축해 두십시오. 검증을 통과하고 우리가 확보한 비리 의원들을 검증대에 세워 역공을 펼친다면 이 지루한 공방에 전환점을 찍을 수 있을 겁니다."

"그렇게 하지요."

"그럼 내일 국회에서 뵙겠습니다."

정 간사가 일어섰다. 배웅은 문수가 했다.

"이 대표오오!"

퇴근 무렵에는 마고 아줌마가 달려왔다. 아줌마는 바리바리 싸온 찬합을 내놓았다. 김밥부터 유부초밥까지 많기도 했다.

"많이 먹고 힘내. 파이팅 알지?"

아줌마가 주먹을 불끈 쥐어보였다. 강토는 그 밥을 문수, 덕규, 세경이와 나누어 먹었다.

"이건 건드리지 마세요. 대표님 내일 아침에 먹으시게."

세경은 오색 김밥 한 찬합을 빼놓았다. 제일 맛나 보이는 장아찌와 오뎅 국물도 챙겨두었다. 식사가 끝나자 세경이 가위를 찰칵거리며 다가왔다.

"앉으세요. 간단하게 다듬어드릴게요. 국회의원들이 함부로 못 보게."

머리까지 손질해 주는 세경. 강토는 모두의 손길이 고마웠다.

그사이에 문수는 밖에서 덕규에게 따로 지시를 내리고 있었다.

"부실장!"

"예, 실장님!"

"오늘 밤 숙소 불침번을 부탁해."

"······."

"대표님 잠 방해받지 않게 잘 지켜드리란 말이야."

"걱정 마십시오. 눈알이 빠져라 지킬 테니까요."

"들어가면서 관리실 아저씨들에게도 담배 한 보루씩 안기고 따로 부탁하고. 주변에서 고성방가가 취객 소리 들리지 않게."

"예!"

"부실장만 믿어!"

"예!"

덕규가 목청껏 대답했다. 기합이 빡세게 들어간 얼굴이었다.

아침이 밤을 건너왔다. 아차산의 봉우리에 햇살이 떨어진 후에 문수가 덕규에게 문자를 날렸다.

　─상황 보고.

　─대표님은 아직 취침 중.

　─깨어나면 문자해.

　─어디세요?

　─복도.

　─예?

잠시 후에 덕규가 살며시 문을 열었다.

"……!"

덕규는 소스라치고 말았다. 문수는 어제 모습 그대로였다. 복도에서 밤을 새운 모양이었다.

"쉿!"

문수가 손가락으로 입술을 막았다. 그런 다음 덕규를 안으로 밀고 소리 없이 문을 닫아주었다.

'독하네.'

안으로 들어선 덕규는 혀를 내밀었다. 원래 치밀한 줄은 알고 있었다. 하지만 복도에서 밤을 새울 줄은 꿈에도 몰랐던 것이다.

덕규는 소파에 앉았다. 사실 덕규도 이 자세로 밤을 새웠다. 만약의 사태에 대비하려는 마음도 있었지만 또 다른 이유는 코고는 소리에 있었다. 잠만 들면 자동으로 코를 고는 덕규. 그렇기에 뜬 눈으로 밤을 새운 것이다.

"언제 일어났냐?"

잠시 후에 강토가 기상을 했다.

"방금… 푹 잤어?"

"그래. 간만에 잘 잤네."

그 소리를 들은 건지 전화가 울렸다. 장철환이었다.

―기분 어떤가?

―이 대표만 믿네.

―국회에서 보세.

몇 마디 격려를 듣고 통화를 끝냈다. 하지만 전화를 놓지는 못했다. 반석기도 전화를 해온 것이다. 그 통화가 끝나자 이번에는 아인이 뒤를 이었다.

"굿모닝했나요?"

그녀가 물었다.

"덕분에요."

"아침 든든하게 먹고 나오세요. 온 국민이 기대하는 날이라고요."

"아인 씨도 국회에 오나요?"

"그러고 싶은데 비공개라면서요? 저 대신 송 차장님이 두 눈 시퍼렇게 뜨고 밖에서 대기하실 겁니다."

"든직하군요."

"끝나고 먹고 싶은 거 있으면 얘기해요. 시간이 날지 모르겠지만……."

"만들어 보죠."

"이 대표님은 잘할 거예요."

"노력하겠습니다."

아인의 전화도 끊겼다. 강토는 전화기를 한참 바라보다 내려놓았다. 진짜 그 날이 온 모양이었다. 드디어 은재구와 단판 승부를 벌이는 날. 국회의 권위 뒤에 숨어 목청을 높이는 일부 비리 의원들의 제삿날…….

"씻어야지?"

덕규가 잽싸게 욕실 문을 열었다.

"하음……."

강토는 그제야 하품을 하며 욕실로 들어갔다. 이번에는 덕규가 전화기를 집어 들었다. 그러고는 재빨리 문자를 넣었다.

—대표님 기상했음!

30분 쯤 후에 노크 소리가 들렸다. 문수였다. 강토가 신경을 쓸까봐 그런 건지 옷도 바꿔 입은 후였다.

"대표님 식사 준비해 드려."

문수가 덕규를 바라보았다.

"그게 조금 걸릴 텐데……."

덕규가 시계를 보며 중얼거렸다.

"무슨 시간? 어제 세경 씨가 챙겨준 거 있잖아?"

"그건 내가 밤에 간식으로……."

"뭐야?"

문수의 목소리가 왈딱 높아졌다.

"아아, 됐어. 나 아침 별로 생각 없거든. 그냥 주스나 한 잔 마시면 돼."

강토가 나서 상황을 정리했다. 하지만 역효과였다. 바로 그때, 하필이면 강토의 뱃가죽이 꼬르륵 울림소리를 낸 것이다.

"어이가 없군. 그렇게 당부를 했더니……."

한숨을 쉰 문수가 문을 향해 돌아설 때였다. 오피스텔 문이 요란하게 울렸다.

쾅쾅쾅!

―누구지?

강토와 문수가 눈으로 묻는 순간, 덕규가 실내가 떠나가라 소리를 질렀다.

"우리 엄마요!"

엄마?

안으로 들어선 건 정말 덕규의 어머니였다.

"오매, 안녕하지라이?"

어머니는 펄펄 뛰는 활어 같은 억양으로 인사부터 쏟아놓았다.

"아침부터 어떻게?"

강토가 고개를 들자 그 손에 들린 푸짐한 보따리가 보였다.

"나가 쌔빠지게 달려왔는디 늦지는 않았능가?"

이마의 땀을 닦으며 내려놓은 보따리에서 맛난 냄새가 흘러나왔다.

"……!"

보따리의 정체를 본 강토와 문수는 소스라치고 말았다. 그거였다. 덕규 어머니의 주특기 가마솥 백숙. 겹겹의 그릇으로 두른 뚝배기는 아직도 뜨거운 열기가 가득한 채였다.

"자정꺼점 고아서 뛰어왔소잉. 싸게 들어쌌소!"

두 팔을 걷어붙이고 뒷다리 하나를 쭉 찢어주는 어머니. 강토는 할 말을 몰라 멍하니 덕규를 바라보았다.

"에이, 얼른 먹어요. 우리 엄마가 형 주려고 밤새 해왔구만."

보다 못한 덕규가 닭다리를 물려주었다.

"덕규야!"

"예, 내가 부탁했어요. 형이 이거 좋아하잖아? 해줄 것도 없는데 이거라도 도와야지."

덕규는 눈시울을 붉히며 복도로 나가버렸다.

'덕규…….'

가슴이 먹먹해 왔다. 강토를 도우려고 어머니께 부탁을 한 것이다. 그 부탁을 받은 어머니는 밤새 닭을 고와 달려온 모양이었다. 먹먹하기는 문수도 다르지 않았다. 그것도 모르고 덕규를 닦달했던 문수. 죄책감까지 겹치고 있었다.

"잘 먹겠습니다."

강토도 두 팔을 걷고 탁자에 앉았다. 냄새부터 막강했다. 구수하고 달달한 냄새가 식욕을 마구 당기는 것이다. 다리를 먹었다. 살결이 쫄깃하게 찢어졌다.

"요것도 몰랑한 게 맛나지라. 쌔바닥 데지 말고 언능 드시랑께요."

"네!"

닭은 저절로 들어갔다. 정말이지 로또에 당첨된 기분이었다. 어머니는 그 앞에서 턱을 괴고 강토를 보고 있었다.

"오매, 참말로 개픗하게 먹어버리네 잉."

그사이에 문수는 복도에서 덕규를 만나고 있었다.

"삐졌어?"

문수가 투박하게 물었다.

"뭐가요?"

"진작 말하지 그랬어? 어머니께 아침 부탁했다고."

"그게 뭐 대단한 일이라고."

"고향에서 오신 거야?"

"시골에도 이웃에 차 있거든요. 빌려 타고 오라고 했어요."

"미안해. 난 그것도 모르고……."

"괜찮아요."

"그리고 고마워."

"고맙긴 내 형인데……."

덕규가 눈을 비비자 문수가 다가가 어깨를 감싸주었다.

"에이, 남자끼리……."

댓발이나 나왔던 덕규의 입술은 미소로 바뀐 지 오래였다.

차비를 두둑이 안겨 덕규 어머니를 돌려보냈다. 밤새 운전하느라 수고를 해준 동네 아저씨에게도 기름값을 넉넉히 찔러주었다. 차는 완전 똥차였다. 그걸 끌고 서울까지 오려 했다니 그 마음이 더 고마웠다.

국회 출발 직전에 아버지가 들렀다.

"파이팅이다!"

아버지는 한마디로 응원했다. 그 따뜻한 시선을 안고 차에 올랐다.

부릉!

시동이 걸렸다. 차는 거침없이 출발했다. 마침내 국회로 가는 것이다. 모두의 시선이 집중된 국회로.

제6장
늙은 욕망의 최후

"대표님!"

차 안에서 문수가 노트북을 내밀었다.

"뭔데?"

"대표님 응원하는 댓글입니다."

"댓글?"

노트북을 받았다. 비리 의심 국회의원 검증 지지자 모임방이었다. 이름하여 '비국검모'.

"응원 댓글이 무려 200만 개를 넘었습니다."

"우와, 초대박!"

운전하던 덕규가 소리쳤다.

"200만 개……."

"보시면 알겠지만 지금도 실시간으로 댓글이 폭주하고 있습니다."

"그렇군."

강토의 시선이 댓글에서 멈췄다.

—당신이 진정한 국민의 대표입니다!

—당신 뒤에는 국민이 있습니다.

—당신과 같은 시대에 살고 있어 행복합니다.

—국회 쓰레기 분리수거에 꼭 성공해 주세요.

몇 개만 읽어도 가슴이 뭉클해졌다. 댓글은 생물이다. 그저 자음과 모음의 집합이지만 감정까지 느껴진다. 강토는 가만히 화면을 쓰다듬었다.

'최선을 다할게요.'

강토는 댓들을 향해 가만히 속삭였다.

국회의사당은 살벌했다. 국회경위들이 총동원되어 출입자를 철저하게 통제하고 있었다. 강토가 도착하자 기자들이 몰려들었다.

"기분 어떠십니까?"

"검증을 통과할 자신이 있나요?"

"싱크홀 현장에서 쌓인 피로는 가셨습니까?"

기자들은 벌 떼처럼 마이크를 들이댔다. 경위들이 달려와 벽을 쌓아주었다. 강토는 그들이 만든 길을 따라 국회에 들어섰다.

  국회!

  아무튼 대한민국의 혈관이다. 대한민국의 법이 만들어지는 곳이다. 대한민국의 예산이 의결되는 곳이다. 국회를 없애면 모를까 그렇지 않은 바에는 인정해야 할 일들이었다.

  그렇게 보면 국민의 회로애락을 쥐고 있는 곳. 뽑아만 주면 나라를 위해 한 몸 바치겠다고 큰절까지 불사하던 사람들의 집합소. 그러나 당선되면 모르쇠에 건방쇠로 돌변하는 곳. 당리당략이 국민을 우선하게 만드는 곳.

  '대체……'

  국회의 무엇이 국회의원들을 그렇게 만드는 걸까? 강토는 진심으로 궁금했다. 강토는 이제 알고 있었다. 국회의원들도 쌩쑈를 즐긴다는 것. 현직에서 국민을 위해 몸을 사르는 게 아니라 뽑히기 무섭게 차기 공천을 위해 줄부터 선다는 것. 목에 칼이 들어와도 한 번만 해먹고 만다는 각오로, 실세들 눈치 보지 않고 일하는 사람이 거의 없다는 것. 그들의 주인은 국민이 아니라 '공천'인지도 몰랐다.

  수없이 제출되는 법안도 그랬다.

  〈Ctrl C와 Ctrl V〉

많은 법안들이 그 신공의 결과물이라는 사실을 국민들은 알까? 국민을 위해 고심하고 함께 가려는 소산이 아니라 그저 법안 발의 몇 건이라는 홍보용 스펙을 위해 마구잡이로 쏟아 내는 의원이 숱한 마당이었다.

"이쪽입니다!"

인솔자가 복도 앞에서 걸음을 멈췄다. 대기실이었다. 강토가 들어섰다. 안은 비어 있었다. 잠시 후에 정 간사가 들어섰다. 다른 검증 의원들과 함께였다. 가슴에는 검증 Staff라는 명찰과 사진이 붙어 있다. 양쪽 진영에서 뽑은 진행자라는 표시였다.

"검증 장소는 본회의장입니다. 20분 후에 입장한 후에 국민의례와 선서를 거쳐 검증을 진행합니다."

국회 측 선임 위원이 설명을 시작했다. 정 간사에게 대략 들은 내용이지만 다시 귀를 기울였다.

"일단 검증이 시작되면 도중에 자리를 비우거나 할 수 없습니다. 다른 사람의 조력도 불가합니다."

"……."

"본 검증은 오직 사전 허가된 검증 위원회 위원과 검증자, 피검증자, 검증 대상자, 국회의원 외에는 일체 참여할 수 없으며 검증도 통과와 불통과의 결과만을 발표할 수 있습니다."

"……."

"만약 이 대표가 검증을 통과하게 된다면 2시간 정회 후에 비리 의혹 의원에 대한 의원 검증에 착수할 수 있습니다."

'두 시간……'

"검증의 공정성을 위해 사복이나 사적 물건은 금지하고 무명으로 된 옷을 제공하게 됩니다. 검증장에서는 그 옷을 입어야 하며 시계부터 반지, 목걸이, 볼펜 등도 금지합니다. 이상입니다."

"……"

강토가 숨을 멈췄다. 무명 옷… 옷은 상관없었다. 하지만… 하지만…….

"질문 있나요?"

"없습니다."

대답하는 강토의 목소리는 굳어 있었다.

"그럼 시간이 되면 경위들이 인솔하러 올 겁니다."

선임 위원들이 나갔다. 정 간사 역시 그들 무리에 섞여 나갔다. 오해 따위를 우려해서인지 그는 철저히 객관성을 유지하고 있었다.

"아, 존나 겁주고 있네."

숨을 죽이고 있던 덕규가 핏대를 올렸다.

"쫄았냐?"

강토가 물었다.

"미쳤어? 국회의원들은 국'개'의원이라던데 개한테 쫄게?"

말의 유희가 위로가 되었다. 덕규의 단순함은 이렇게도 빛날 수 있다.

"훌륭한 사람도 많아."

"형은… 아니 대표님은 괜찮아요?"

"걱정마라. 너희 어머니가 가져온 닭백숙 먹었더니 에너지가 팍팍 넘친다."

"아, 그거 나도 같이 먹을 걸……."

"대표님!"

문수가 강토를 돌아보았다. 그 얼굴에는 진한 우려가 번지고 있었다. 강토도 그걸 알았다. 본회의장에 사적인 물건은 일체 가져갈 수 없는 강토… 그러나 딱 하나를 가지고 가야 하는 강토… 문수는 그걸 아는 것이다.

"나오시죠!"

문이 열렸다. 모자를 눌러쓴 경위들이 강토를 바라보았다.

"대표님!"

"잘될 거야."

강토는 문수를 안심시키고 돌아섰다.

'대표님……'

문수는 복도로 나와 강토의 뒷모습을 바라보았다. 눈에서 사라질 때까지 계속이었다. 강토가 만난 또 하나의 난관 때문이었다.

천심철.

천신만고 끝에 얻어온 그 특별한 광석. 그러나 지참할 수 없게 되었다. 천하의 보도(寶刀)가 무용지물이 될 판이었다.

'그렇게 되면……'

은재구의 얄팍한 미소가 떠올랐다.

후우!

문수의 입에서 나온 한숨은 길었다.

강토가 본회의장에 들어섰다. 옆에는 차영아가 서 있었다. 다른 방에서 대기하던 그녀가 합류를 한 것이다. 그녀는 의사 가운을 입고 있었다. 자리에 앉았다. 차영아는 존 슈타인 박사 옆이었다.

부채꼴로 펼쳐진 의석에 포진한 의원들이 보였다. 은재구도 있고 서철상도 있었다. 비리 혐의를 받고 있으면서도 아직 활개를 치는 석귀동도 보였다. 강토는 김무혁에게서 시선을 멈췄다. 그것으로 되었다.

옆 의자에는 존 슈타인 박사와 크라이머, 그리고 데이비스가 자리를 잡았다. 국민의례에 이어 양쪽에서 모두 발언을 했다.

첫 주자는 공허 스님이었다. 국민의 봉사자로서의 국회위원이 되기 위해 비리혐의가 제보된 의원들은 검증에 응해야 하며 그 검증을 맡을 강토에 대한 당위성과 그간의 성과에 대한 내용이었다.

"부디 오늘, 위원님들 여러분 스스로의 용기로 다시 태어나 청정 국회의 기원이 되기를 국민 모두의 이름으로 희망합니다."

공허 스님이 발언을 마쳤다.

짝짝!

박수 소리는 인색했다. 김무혁을 비롯해 배현세와 검증을 주장하는 의원들이 박수를 쳤을 뿐이다. 강토는 오래 쳤다. 그걸 본 데이비스도 박수를 보태주었다. 내색하지는 않았지만, 고마웠다.

다음으로 검증을 반대하는 국회 측 대표 의원이 나왔다. 은재구의 복심으로 불리는 윤건웅이었다. 그는 무려 50여 분에 걸쳐 열변을 토해냈다.

─영웅심에 사로잡힌 일부 시민 단체의 정신 분열!

─사상 초유의 정치 비하!

─국회의원을 선출한 국민에 대한 명예훼손!

온갖 감정을 쏟아내는 동안에 침이 튀었다. 화려한 언어의 유희는 그들 패거리의 열렬한 지지를 받았다. 중간중간에 기립 박수까지 쏟아졌다.

"이것은 국회에 대한 신성 모독이며 오늘 나오는 결과에 따라 이 일을 준동한 단체와 인사들은 예외 없이 법적 책임을 져야 할 것을 엄숙히 선포합니다!"

마무리는 그것이었다. 은재구와 3당의 대표들, 그들을 따라 검증 반대에 열을 올리던 비리 의심 의원들은 5분여 동안이나 기립 박수를 보냈다.

'시작도 전에 진부터 빼시는군.'

강토는 웃었다. 웃으면 복이 온다지 않은가? 어쩌면 핏대를 올리며 스트레스를 받을 가치도 없는 일이었다.

"검증을 시작합니다!"

선언과 함께 마침내 검증이 시작되었다. 존 슈타인 박사와 차영아가 나서서 강토의 뇌에 대해 설명을 시작했다.

전두엽 소견은 일반인에 비해 크게 다르게 나오지 않았다. 아세틸—아스파틸—글루탐산도 유의치는 아니었다.

―다른 초능력자들의 전두엽 두정엽 소견과는 다르게 나왔다.

―그러나 신경세포망의 배열이 두드러진 소견을 보였다.

―정신적으로 의심되는 질환은 없다.

―위 결과에 대해 의학적으로 양 진양은 의견의 일치를 보았다.

존 슈타인과 차영아의 결론이었다.

"초능력자가 아니라는 거야 뭐야?"

"제대로 한 거야?"

의원들이 웅성거리기 시작했다. 일단 시작은 나쁘지 않았다. 자리로 돌아온 차영아가 찡긋 윙크를 보내주었다. 강토는 조용한 미소로 답했다.

곧이어 경위들이 열 명의 대상자와 함께 들어왔다. 정말 다양다종한 사람들이었다. 그들은 하나하나 선서를 하고 정해진 자리에 섰다. 데이비스와 크라이머가 대상자들의 양옆에 포진을 했다. 강토는 대상자들의 앞에 자리를 잡았다. 회당 시간 제한은 30분이었다. 강토에게는 별 의미 없는 일이었다.

"이강토 씨!"

진행자가 강토를 호명했다.

"예!"

"시작하세요!"

마침내, 검증의 순간이 도래했다.

열 명!

강토가 맞춰야 할 실험 대상자들은 둘씩 짝을 지었다.

〈어머니 이름〉

보조 진행자로 나온 야당 의원이 제시어를 들어보였다. 강토는 데이비스와 크라이머를 바라보았다. 둘에게서 후끈한 에너지가 느껴졌다. 염력을 발산한 것이다.

얼마나 강력한지 맨 앞줄 의원석에 올려둔 물병이 흔들릴 정도였다.

"우!"

두 대상자들이 긴장하는 게 보였다.

"어엇!"

가까운 의원석에서도 낮은 비명이 새어나왔다. 그것은 강토에게도 영향을 주었다. 염력을 쏘는 사람이 둘이나 되는 까닭이었다.

잠시 두통이 느껴졌다. 데이비스와 크라이머가 있는 반경 10여 미터 안의 사람들이 다 그랬다. 강토는 매직 뉴런을 쓰다듬었다. 평상시 같으면 일도 아니었을 어머니 이름 맞추기. 하지만 방해 염력 앞에서는 다소 주춤거릴 수밖에 없었다.

데이비스의 눈을 보았다. 소년은 집중하고 있었다. 고마웠다. 어쩌면 이 일은 강토에게 더 간절한 일. 꽁 먹으려고 이 자리에 나온 건 아니었다. 더구나 이런 난관 정도는 헤쳐내야 의원들이 받아들일 일이 아닌가.

'시크릿……'

강토는 두 다리에 꼿꼿하게 힘을 준 채 매직 뉴런을 겨누었다.

'…메즈!'

마침내 첫 매직 뉴런이 출격했다. 염력의 파동에 밀렸지만 사력을 다해 밀어넣었다. 남녀 대학생의 각막에 닿은 뉴런들은 토네이도처럼 꽈배기를 이루며 안으로 들어가는데 성공했다. 이제부터는 일도 아니었다.

"노순애!"

"장순희!"

강토의 입이 열리자 정 간사와 공허 스님 등의 입에서 안도의 숨이 튀어나왔다. 김묵혁과 검중 지지 의원들도 그랬다. 단상의 검중 의원들이 흰 종이에 이름을 써서 강토에게 확인을 받았다. 강토는 고개를 끄덕해서 일치를 확인시켜 주었다.

그러자 다른 검중 의원이 애당초 받아놓았던 이름을 펼쳐 보였다.

〈이유순〉

〈장순희〉

"어억!"

곳곳에서 신음이 터져 나왔다. 하나는 맞고 또 하나는 틀린 까닭이었다.

"뭐야? 한 사람은 틀렸잖아?"

"내 저럴 줄 알았지!"

강토를 반대하는 의원 일부가 일어서며 소리쳤다. 그 소란 중에도 은재구는, 무표정하게 강토를 주목하고 있었다.

"한 명은 맞고 또 한 명은 틀렸습니다."

검증 의원이 두 개의 답을 비교하며 결과를 발표했다. 그때 강토가 나섰다.

"틀렸다고 말하기는 이릅니다."

"무슨 소리야? 명명백백한 결과를 가지고!"

고함은 서철상의 입에서 나왔다. 안방의 권위를 120% 누리려는 높은 목소리였다.

"당사자에게 확인을 요청합니다."

강토가 여대생을 바라보았다. 하지만 여대생은 고개를 떨군 채 입술을 깨물 뿐이었다.

"진행 원안대로 갑시다. 저자의 요청을 일일이 들어줄 필요 없어요."

한 의원이 소리쳤다.

"당사자는 아직 대답하지 않았습니다!"

강토도 지지않고 응수했다.

"저놈이 어디서 감히……."

흥분한 의원을 동료가 제지시켰다.

"이수미 양, 한마디만 대답하세요. 이 이름이 어머니 이름이 맞습니까, 틀립니까?"

검증 의원이 〈이유순〉이라는 이름을 흔들었다.

"맞습니다."

여대생이 모기 목소리만 하게 대답했다.

"그것 보시오. 틀린 게 확실하니 진행하세요!"

서철상이 다시 소리를 높일 때 여대생의 말이 꼬리를 물고 나왔다.

"다만 이유순은 지금 어머니고… 제 생모가 노순애입니다!"

"……!"

여대생의 한마디는 은재구를 비롯한 비리 검증 반대파 의원들에게 찬물 세례와 같았다. 기세를 올리던 그들은 단박에 입을 닫았다. 강토의 기선 제압이었다. 강토에게 보인 건 두 어머니. 생모를 선택하는 건 너무나 당연한 일이었다.

검증 의원들 틈에서 정 간사가 엄지를 세워보였다. 강토는 담담하게 다음 검증으로 넘어갔다.

〈소유한 자가용 차종 맞추기〉

다음 제시어였다. 강토는 거기서 한 사람을 내려놓았다.

─뇌파 독심이 불가능한 사람!

그 예를 보인 것이다. 나머지 한 사람의 차종은 물론, 적중시켜주었다.

세 번째는 중년의 여성 둘이었다. 그들이 나오자 데이비스와 크라이머의 염력이 클라이막스를 이루었다. 두 손을 들어 서로를 겨루며 형성한 염력이 지진에 가까웠던 것이다.

우두두!

가까운 거리의 책상이 흔들렸다. 하지만 상관없었다. 그들이 염력을 펼치기 전에 이미 시크릿 메즈를 날린 까닭이었다.

(주거래 은행)

제시어에 따라 은행을 적어냈다. 이름은 하나였다. 두 여자가 같은 은행을 쓰고 있었던 것이다.

한 팀을 더 마치고 마지막 대상자들이 걸어 나왔다. 둘은 국회의원이었다. 국회 쪽에서 자청한 대상자. 의원의 몸으로 체험해야 한다는 주장이었다. 어떻게든 강토의 능력을 폄훼하려는 의도가 고스란히 느껴졌다.

'오히려 잘됐어.'

강토는 웃었다. 백문이 불여일견. 누구든 스스로 체험하는 게 최고였다. 더구나, 이렇게 의심이 많은 의원나으리들이라면.

'제대로 모셔드려야지!'

작심한 강토, 두 의원에게 펄펄 뛰는 매직 뉴런을 겨누었다.

*   *   *

우르르르!

픽!

염력은 최고치에 달했다. 국회의장의 물컵까지도 진동으로 떨어뜨릴 정도였다. 의원들 일부는 공포에 휩싸인 얼굴이 되었다. 하지만 강토는 오히려 버틸 만했다.

타깃 때문이었다.

미국에서 만난 데이비스의 아버지 솔라몬. 그는 직접 사람을 겨누고 염력을 시전했었다. 하지만 데이비스와 크라이머는 강토가 아니라 주변을 흔들고 있었다. 그렇기에 강토의 매직 뉴런이 대상자들을 파고들 여지가 있는 것이다. 그러니까 데이비스는, 그저 자신의 역할에 충실하고 있었다. 강토를 대놓고 방해하려는 게 아니라 검증 조건에 따르는 것이다.

의원 나으리들의 제시어가 나왔다.

〈보좌관 9명의 이름〉

검증 의원이 제시어를 보여주자 강토 앞에 선 두 의원이 얄팍하고 저렴한 미소를 머금었다. 무려 아홉 명. 정말이지 치졸한 제시어가 아닐 수 없었다.

'보좌관 이름……'

강토의 매직 뉴런들은 마지막 과제를 위해 해마와 대뇌피질을 헤집었다. 그러다 재미난 것을 발견했다. 의원 나리의 기억력의 한계였다. 의외로 직장 동료들의 이름을 헷갈리는 사람들도 많다. 의원들 또한 그 부류에 속하고 계셨다,

'당신 꾀에 당신이 한 번 넘어가 보시지.'

아홉 이름을 빠짐없이 기록한 강토, 진행자를 향해 손을 들었다.

"뭡니까?"

진행자가 물었다.

"제 할 일은 끝났습니다. 제시어에 대한 답은 여기 있습니다."

강토의 손에는 아홉 씩 열여덟 명을 적은 종이가 들려 있었다.

"문제가 있습니까?"

"없습니다. 다만 아까 처음의 대상자들처럼 착오가 있을 수 있으니 실험자로 나오신 의원님들께서 직접 이름을 말씀해 주시면 어떨까 싶습니다만."

"착오의 가능성이 있는 게 확실합니까?"

"확실합니다!"

강토가 잘라 말했다. 어차피 강토는 이름을 다 쓴 바였다. 설령 강토가 의도하는 결과가 나오지 않는다고 해도 손해 볼 일은 없었다.

"검증 위원님들?"

진행자가 검증 의원석에 의향을 타진했다.

"이강토 씨의 주장이 맞다고 봅니다. 보좌관 이름은 아홉 명. 사람이 많으니 그렇게 하는 게 마땅합니다!"

정 간사가 박자를 맞춰주었다.

"이봐요!"

대상 의원이 역정을 냈지만 소용없었다. 의원들이 설왕설래하는 사이에 강토의 의사대로 진행이 속개된 것이다.

처음 4급 보좌관 둘은 문제가 없었다. 첫 번째 의원이 제대로 맞췄기 때문이었다. 5급 둘도 넘어갔다. 그다음이 문제였다. 6급 보좌관에 이르러 〈김용철〉을 〈김영철〉로 말한 것.

"실수입니다, 실수라고요!"

의원은 침을 튀기며 변명을 했지만 그 실수는 9급 비서에서 또 반복되고 말았다. 〈이해숙〉을 〈이애숙〉이라고 말했다. 첫 의원은 얼굴이 벌겋게 상기된 채 마이크를 동료 의원에게 넘겼다.

그 의원도 비슷했다. 4급과 5급에서는 문제가 없었지만 나머지 보좌관과 비서에서 무려 3명의 이름을 틀리게 말했다.

"이런, 이런!"

의원석 여기저기서 자조 섞인 한탄이 터져 나왔다. 무리한 제시어로 강토를 헐뜯으려던 두 의원은 결국 개망신만 당한 채 퇴장했다.

강토는 제자리로 돌아왔다. 차영아가 양쪽 '엄지 척'을 보여주었다.

"최고였어요!"

그녀의 눈에는 감격의 눈물까지 서려 있었다.

하지만!

강토의 눈은 아까보다 더 깊은 긴장 속으로 빠져들고 있었다. 첫 관문은 통과했다. 그러나 그건 서전에 불과한 것. 강토의 진짜 사냥은 이제부터가 시작이었다.

정 간사와 양 진영의 검증 의원들이 연단으로 나왔다. 일렬로 줄을 선 후에 이강토 검증에 대한 공식 결과를 발표하기 시작했다.

"이강토 대표의 '독심' 검증에 대한 검증은……."

확인을 맡은 국회의장, 마뜩치 못한 목소리로 뒷말을 이어 놓았다.

"신뢰성에 문제가 없다고 생각되어 통과되었음을 선언합니다!"

땅땅땅!

의사 진행봉의 소리와 함께 의원석에서 신음 소리가 쏟아졌다,

"이건 뭐가 잘못됐어."

"좀 더 심층적인 검증이 필요한 거 아니야?"

"검증 제시어가 새나갔을 수도 있다고."

허접한 목소리들이 쏟아질 때 공허 스님이 앞으로 나섰다.

"존경하는 의원 여러분!"

스님의 목소리가 마이크를 타고 회의장을 울렸다. 담담하면서도 힘이 가득한 목소리였다.

"이 자리는 여러분이 주관한 자리입니다. 비공개라고 하지

만 보는 눈이 한둘이 아님은 여러분도 알고 저도 아는 주지의 사실입니다."

공허 스님은 좌중을 둘러보며 계속 말을 이었다.

"긴말하지 않겠습니다. 약속하신 대로 이강토 대표가 여러분이 원하는 방식의 검증을 통과했으니 여야 대표자께서 즉석 검증에 응하실 것을 국민의 이름으로 요청합니다. 만약 거부하신다면 우리는 오늘 이 검증 과정과 절차, 결과는 물론 자체적으로 수집한 비리 의원 명단 전체를 언론에 즉각 공표할 것을 천명합니다!"

최후 통첩!

공허 스님이 쐐기를 박았다.

"닥쳐!"

"어디다 대고 협박이야?"

"국회를 뭘로 아는 거야?"

비리 검증 반대 의원들이 벌떼처럼 일어섰다. 그때, 한 무리의 의원들이 자리에서 일어섰다. 김무혁과 배현세, 그리고 그들을 따라 청정 국회를 선언한 국회의원 수십 명이었다. 그 가운데서 김무혁이 먼저 단상으로 나왔다. 흔들림도 주저도 없는 걸음이었다.

"김무혁입니다!"

김무혁이 회의장을 바라보며 소리쳤다.

"이 사람이 먼저 이 대표의 검증을 받겠습니다. 스스로가 떳떳하다면 무엇이 두렵습니까? 권위란 우리 입으로 외치는 것이 아니라 국민의 신뢰에서 오는 것. 무너진 신뢰를 다시 쌓을 수 있다면 무엇도 주저할 일이 아닙니다!"

김무혁의 일성, 폭풍 같은 장악력에 핏대를 올리던 의원들의 기세가 무너졌다. 그는 과연 봉황이었다. 마침내 날개를 펴자 좌중을 압도하는 힘이 압권이었다.

"끄응!"

의원들 상당수는 별 수 없이 자리에 주저앉았다. 다시 공허 스님의 말이 이어졌다.

"여야 3당 대표님들, 여당의 은재구, 윤건웅, 서철상, 석귀동 의원, 야당의 원내총무님들, 앞으로 나오시죠."

"……."

"국민의 이름으로 반복합니다. 당신들이 약속한 일을 이행하세요!"

공허 스님이 단상을 후려쳤다. 그때, 은재구가 천천히 의원석에서 일어섰다. 그는 동요하는 자기 진영의 의원들에게 손짓을 보냈다. 진정하라는 의미였다. 이어 단상으로 걸어 나왔다.

강토는 집중하고 있었다. 그의 상의 안쪽에서 성성하게 파워를 뿜고 있는 지심철 패드. 그리고 흐트러짐 없는 걸음까지도.

"이 사람 은재구……."

마이크 앞에 선 은재구가 고개를 들었다. 본회의장의 모든 시선이 그에게 집중되었다. 그의 말 한마디가 향배를 가를 수 있기 때문이었다. 그리고… 마침내 그의 결단이 마이크를 통해 흘러나왔다.

"이 대표에 대한 검증을 발의한 사람으로서 책임을 지고 먼저, 공개 검증을 받아들이겠소."

쾅!

콰앙!

충격파!

그 거친 충격파가 느껴졌다. 은재구를 따르는 일파와 비리 검증 반대에 야합한 의원들. 그 얼굴에 흐르는 충격파는 쓰나미로도 설명이 부족할 판이었다.

공개 검증!

마침내 은재구가 단두대 위에 올라왔다. 그를 바라보는 강토의 눈이 꿈틀거렸다. 강토의 품에는 천심철이 없었다. 애지중지 가져왔으나 사적 소지품은 일체 금지를 당한 것.

하지만, 강토는 흔들리지 않았다. 모든 의원들이 지켜보는 가운데 강토가 일어섰다. 그 직전에, 강토는 데이비스와 낮은 대화를 나누었다.

텔레보이스에 대한 것이었다.

"바로 진행하겠습니다."

강토가 은재구 앞에 섰다. 그의 마음이 변하기 전에 끝장을 내야 했다. 그런데 강토와 마주친 은재구의 시선이 강력하게 뒤룩거렸다. 귀를 파고 들어온 텔레보이스, 즉 전음 때문이었다.

〈은 의원님.〉

"······?"

〈이강토입니다. 다른 사람은 들을 수 없으니 표정 관리를 부탁드립니다.〉

"······?"

"눈을 감아주세요!"

강토가 말했다. 이건 전음이 아니라 원래의 목소리였다. 기선은 이미 제압한 까닭이었다. 강토는 다른 피검증자들에게 하듯 독심 자세에 들어갔다.

꿀꺽!

여기저기서 마른침 넘어가는 소리가 들려왔다. 매직 뉴런은 이미 은재구의 뇌 안에 있었다. 그 안에서 울창한 정글처럼, 아니, 우주를 쓸어 담는 폭풍처럼 시냅스의 가지를 뻗고 있었다. 그 폭풍은 은재구의 지심철에도 아랑곳이 없었다.

어떻게 가능하냐고?

강토, 물론 천심철 패드를 소지할 수 없었다. 검증 의원들이 작은 밴드조차 허락하지 않았기 때문이었다. 하지만 강토는 그 직전에 화장실에 다녀왔다. 거기서 천심철 패드를 살짝 접어 삼켜 버렸다. 그나마 어느 정도 휘어지는 게 다행이었다. 목이 아팠지만 견딜 만했다. 무엇보다 그 정도 희생은 각오하던 강토였다. 그랬기에 은재규의 지심철 패드는 문제가 되지 않았다. 그는 고작 양복 상의 주머니 안에 고정시켰지만 강토는 위장에다 고정시켜 버렸기 때문이었다.

은재구는 몸의 일부!

강토는 몸과 합체!

당연히 꿀릴 것이 없었다.

〈나는 당신의 모든 비리를 알고 있습니다.〉

다시 강토의 전음이 날아갔다.

─불!

─충성 서약서!

─대통령의 이행 각서!

세 가지를 차례로 전해주었다.

"……!"

은재구의 동공에서 출발한 지진이 어깨를 타고 손과 발로 내려가고 있었다.

〈그것 외에도 셀 수 없지요. 공천한 의원들과 정부 기관에 추천한 인맥들, 가깝게는 화물 차량으로 저를 테러하려던 것과 저기 초능력 학회를 섭외하면서 특별한 옵션을 걸어달라고 브로커에게 건네준 50만 불까지!〉

"어떻게……."

은재구의 목에서 신음 같은 소리가 새어나왔다.

〈지금부터 오직 예스와 노로 대답하시기 바랍니다. 예스는 끄덕, 노는 고개를 가로저으면 됩니다.〉

"……."

〈당신의 마음을 읽을 수 있냐고요?〉

끄덕!

〈분명 장관과 빅 쓰리 검증에서는 통하지 않았는데 말이죠?〉

끄덕!

〈그건 당신을 잡기 위한 저만의 방편이었습니다. 그렇지 않다면 당신은 또 다른 음모를 꾸몄을 테니까요.〉

"……."

〈어쩌시겠습니까? 당신이 가진 판도라의 상자를 열까요?〉

"……."

〈참고로 말하는데 당신이 제 뜻에 따르지 않으면 검찰에서 바로 가택수색에 들어갈 겁니다. 현역 의원이시니 의원님 혐의가 아니라 사모님 혐의로 말입니다. 제가 그분 혐의도 몇 가지 봐두었거든요. 싱크홀 현장에서…….〉

"……."

한 번 더 안면 근육이 일그러지는 은재구였다. 경황이 없던

때라 마누라까지는 고려치 못한 그였다.

〈계획을 말씀드리자면 당신의 선친께서 써주신 휘호 액자 뒷면에 넣어 밀봉한 대통령의 이행 각서는 바로 폐기하고 충성 서약서는 언론에 공개합니다. 외국 비밀 계좌 서류는 당연히 공개하며 당신이 모처를 통해 받은 각급 기관장과 경쟁 상대의 정보 수집 또한 공개합니다.〉

도리도리!

은재구가 고개를 저었다.

〈막을 방법은 딱 하나입니다.〉

"……?"

〈정계를 은퇴하고 외국으로 나가십시오. 당장!〉

"……?"

〈이유 같은 건 당신이 더 잘 만들 수 있겠지요. 제가 할 말은 그것뿐입니다.〉

"……."

〈다만 은퇴를 선언하신다 해도 결과는 같아야 합니다. 당신은 제가 보는 앞에서 제가 말씀드린 건에 대해 스스로 집행을 하셔야 합니다. 이행 각서와 충성 서약서는 불태우고 비밀 계좌는 국가에 헌납하는…….〉

"……."

〈시간은 1분 드리죠.〉

전음을 마친 강토가 두 손을 들었다. 그 손으로 부드럽게 은재구의 머리 주변을 휘저었다. 은재구는 숨도 제대로 쉬지 못했다.

강토의 말은 한 치의 틀림도 없었다. 마누라 역시 권력형 비리에서 자유롭지 못했다. 은재구를 등에 업고 온갖 인사청탁에 참견한 것도 알고 있었다. 그로 인해 뇌물과 고가의 선물을 받은 것도 아는 은재구였다.

강토 말대로 은재구가 아니라 마누라를 타깃으로 한다면 문제가 될 일도 아니었다.

빈손 은퇴냐!

파멸이냐!

은재구는 일대 기로에 섰다.

*　　　　*　　　　*

"끄응!"

은재구는 몇 번이고 신음을 밀어냈다. 오랫동안 들인 공이었다. 그의 회상은 당 대표 시절로 올라가 있었다. 대권을 꿈꾸었다. 그러다 직격탄을 맞았다. 그가 이끈 보궐선거에서 참패를 한 것이다. 당시 너무 들떠 있었다. 총선 승리와 함께 치솟은 당 지지율. 거기 안주한 게 발목을 잡은 것이다.

'그때 내 운이 다한 건가?'

대통령을 떠올렸다. 처음에는 그를 파트너로 삼을 생각이었다. 그러나 당내 역학 관계가 뜻대로 되지 않았다. 시나브로 올라간 대통령의 인기를 막기 어려웠다.

'차기로 간다.'

은재구는 자기 자신과 타협을 했다. 그리하여 막후 협상을 벌였다. 차기에는 은재구거나 혹은 은재구가 미는 후보를 지지해 주기로. 거기에 더해 인사권의 일부도 획득했다. 그리하며 수 년 간 차근차근 보이지 않는 왕국을 쌓았다.

그러나 다시 발목을 잡혔다. 이번에는 완전하게 엉뚱한 인간이었다. 이 발단은 노중권이었다. 급부상한 인기 CEO 노중권. 은재구는 그를 영입할 생각이었다. 난다긴다하는 인재들을 휘하에 거느리는 것만으로도 지도력을 과시할 수 있기 때문이었다.

그런데, 하필이면 그가 이강토 일가의 원수였다. 그와 관계만 없었더라도 이강토의 예봉을 피할 수 있었을 지도 모른다. 아니, 오히려 은재구가 이강토를 영입할 수도 있었겠지.

'으윽!'

안으로 억장이 무너졌다. 대권을 위해 쌓아온 탑의 작은 균열. 그게 마침내 은재구의 심장에 칼날을 꽂은 것이다.

"검증은 끝났습니다!"

허공을 쓰다듬던 손을 거둔 강토, 의원석을 바라보며 또렷하게 말했다. 의원들은 숨을 죽이고 강토를 주목했다.

과연 은재구의 무엇을 보았을까?

그들은 자신들이 검증대에 선 심정으로 강토의 능력을 상상하고 있었다.

"은 의원님의 비리는……."

"잠깐!"

거기서 은재구의 입이 열렸다.

"잠시 긴급 발언을 요청합니다."

은재구가 말하자 정 간사를 비롯한 검증 의원들이 강토를 바라보았다. 강토는 끄덕 긍정의 고갯짓을 보였다. 은재구는 몇 발 옆의 마이크 앞으로 이동했다. 그 순간, 강토는 그를 겨눈 매직 뉴런을 회수했다. 바로 직전, 그의 해마로 들어온 정보 때문이었다.

은퇴!

은재구가 선택한 길은 그것이었다.

"본인은 하자가 많은 사람입니다. 잘 알고 있습니다."

은재구가 말문을 떼자 다시 의원석이 술렁거렸다.

"나아가 이제는 판단력마저 흐려져 국회에 혼란을 초래하고 말았습니다. 이에 대한 책임을 통감하며… 모든 것을 내려놓고 정계를 떠날 것을 이 자리에서 천명합니다."

"우!"

놀란 의원의 절반가량이 자리에서 일어섰다.

"당초 이 검증은 본인이 원로의 미명으로 3당 대표를 통해 발의한 바 막중한 책임을 사퇴로써 갈음할까 합니다. 나아가 근자의 싱크홀 사태 또한 본인이 이전에 발생한 싱크홀에 대한 조사 위원회의 위원장이었던 바, 그 책임까지 더해 모든 직에서 물러남이 마땅하리라 생각합니다. 아울러 이 대표가 제게서 비리를 읽었다면 그에 대한 책임까지 피하지 않고 감수할 것을 밝힙니다!"

은재구, 단상 옆으로 한 발 나와 국회의장을 향해 인사를 했다. 다음은 검증 의원들, 그다음은 의원석이었다. 마지막으로 강토 앞에 선 은재구, 강토를 물끄러미 바라본 후에 천천히 비껴 걸었다.

"의원님!"

"은재구 의원님!"

계파 의원들이 절규를 터뜨리며 그 뒤를 따랐다. 그러나 그들은 누구도 회의장을 나가지 못했다. 공허 스님의 뚝심 때문이었다.

"검증 중입니다. 누구든 예외 없이 착석해 주세요!"

공허 스님의 육성이 본회의장에 울려 퍼졌다. 문 앞까지 갔던 은재구와 의원들은 다시 착석하는 수밖에 없었다.

3당 대표들이 검증대 위로 올라왔다.

강토가 내달렸다.

3당 대표와 거물급 중진들은 묵사발이 났다. 천신만고 끝에 차려진 밥상이었다. 강토는 밥알 하나 남기지 않고 알뜰하게 뒤져주었다.

예정대로 거행된 십여 명의 거물들 검증. 그중 둘은 독심 불가로 빼주었다. 그나마 비리가 미미한 사람들이었으니 그중 하나는 김무혁이었다. 나머지에 대해서는 결과물을 정 간사에게 건네주었다. 정 간사가 본인에게 항목 확인을 시켰다. 여덟 명 의원 중에 세 명이 기절을 했다. 탈진하기는 나머지도 다르지 않았다.

본회의장에는 두 가지 물결이 흘렀다. 하나는 비리 검증을 반대하던 의원들 무리. 당 대표를 비롯하여 줄줄이 나자빠지는 광경을 보고 그들 또한 초상집이 된 것이다.

다른 하나는 김무혁을 따르던 청정 국회 선언파들이었다. 그들은 기립하여 10여 분 동안 강토에게 박수를 보냈다. 정 간사와 공허 스님, 차영아도 그랬다.

특히 마지막 말이 압권이었다. 강토를 안내하러 들어온 경위들에게 외치는 위원들의 목소리였다.

"경위들, 그분 목숨 걸고 모시라고. 국회의 명예를 되찾아 준 분이야!"

경위들은 강토에게 거수경례를 올렸다. 강토는 보았다. 그들의 입가에 맴도는 흐뭇한 미소. 그건 바로, 온 국민이 갈망하던 미소였다. 권위를 가지되 권위주의적이지 않은 국회. 스스로 솔선하여 국가와 국민을 위해 고민하는 국회를 원하는……

"대표님!"

"형!"

강토가 본회의장에서 나오자 문수와 덕규가 달려왔다. 덕규는 마치 애인이라도 되는 양 점프로 뛰어 안겼다.

"으아악, 성공 축하해. 정말 축하해!"

덕규의 목소리가 복도를 갈랐다.

"어떻게 알았어?"

강토가 문수에게 물었다. 검증은 비공개, 강토는 이제 겨우 나온 참이었다.

"조금 전에 나온 경위가 알려줬습니다. 대표님이 비리 의원들 개박살을 내고 있다고."

문수가 답했다.

"그래?"

"축하합니다. 그리고 정말 자랑스럽습니다."

문수 눈에 이슬이 맺히는 게 보였다. 강토는 그 어깨를 뜨겁게 움켜쥐었다.

"다 방 실장 덕분이야."

"별말씀을……."

"덕규 너도 고생했다."

"엥? 나도 뭐 한 거야?"

"당연하지. 화물차에서 나 구한 게 너잖냐?"

"그건 그러네."

"조용히 차 대라. 갈 곳이 있어."

"어디?"

"아무튼, 밖에 기자들 법석일 테니까 재주껏, 알았지?"

"오케이, 목숨을 걸고 명 받들겠습니다!"

거수경례를 한 덕규가 출구를 향해 뛰었다. 그때 전화기가 울렸다. 장철환이었다.

"장 고문님!"

─해치웠다고?

"예!"

─장하네. 정말 장해. 몸은 괜찮나?

"견딜 만합니다."

─은재구는?

"제가 마무리하려고요."

─반 검사 투입 안 해도 되겠어?

"다급하면 제가 바로 SOS 치겠습니다."

―알았네. 추이를 봐서 내가 바로 찾아가겠네.

"알겠습니다."

통화하는 사이에 정정련을 주축으로 하는 검증 위원들이 회의장을 나서고 있었다.

"어떻게 생각해?"

그 모습을 보며 강토가 문수에게 물었다.

"정문 출구가 열리면 말입니까?"

"완전히 카오스겠지?"

"당연하죠. 몰려든 기자가 백 명도 넘는 것 같더라고요."

"그럼 정 간사님에게 몸빵역 좀 맡겨야겠군."

"예?"

"기자들이 저쪽에 정신 팔렸을 때 빠져나가자고."

강토는 뒷문을 향해 돌아섰다.

바아앙!

강토와 문수를 태운 덕규가 가속기를 밟았다. 때늦게 눈치를 차린 기자들이 추격하기 시작했다. 하지만 그들은 덕규의 상대가 되지 못했다. 더구나 강토의 특명까지 받은 덕규였다.

―위반 딱지 무제한 허용!

덕규는 현란한 핸들링으로 기자들의 시야에서 벗어났다. 걸린 시간은 고작 5분 정도였다.

끼익!

차는 이내 목적한 곳에 닿았다. 은재구의 자택이었다. 그 앞에는 수많은 지지자들이 포진하고 있었다.

"저 새끼!"

그들은 강토를 보자 악다구니를 쓰며 달려들었다. 덕규가 선봉에 나서 방어했다. 위력행사를 하는 떡대 몇을 단숨에 메다꽂았다. 그들은 모든 것을 강토 탓으로 돌리고 있었다. 그들도 이미 연락을 받은 모양이었다.

"형, 여기도 진단서 무제한 허용?"

몸을 푼 덕규가 물었다.

"자위권 내에서만!"

강토가 선을 그었다.

"씨발, 그럼 한판 떠보자고. 누구든 우리 형 머리카락이라도 건드리는 새끼들은 다 뒈질 줄 알아!"

발악하듯 몸을 휘젓는 덕규 옆으로 두 명의 남자가 뛰어들었다. 그들은 덕규를 도와 지지자들의 난동을 온몸으로 제지했다.

"대표님 경호원입니다!"

문수가 설명했다.

"경호원?"

"인건비 안 보셨습니까? 저 친구들 몫이 포함된 거였거든요."

"방 실장……."

"시국이 수상해서 말이죠. 저지망 뚫으라고 할까요?"

바로 그때 등 뒤에서 은재구 목소리가 들려왔다.

"다들 이 무슨 망동입니까?"

강토가 돌아보았다. 은재구가 차에서 내리고 있었다.

"의원님!"

거칠게 돌진하던 지지자들이 울먹이기 시작했다.

"나 이제 의원 아닙니다. 그리고 이강토 대표는 내 손님이니 다들 비켜나세요!"

"하지만……."

"그동안 고마웠습니다. 나 의사당에서 은퇴를 선언했으니 그렇게 아십시오."

"의원님!"

"드시게!"

은재구가 길잡이를 자처했다. 강토가 그 뒤를 따랐다. 덕규는 두 경호원과 함께 주변을 경계하며 저택에 들어섰다.

"여보!"

정원에는 아내와 가족들이 나와 있었다. 은재구는 아는 척도 않고 안으로 들어갔다.

"들어오시게!"

현관에서 강토를 돌아본 은재구, 성큼 서재로 들어섰다. 그

다음부터는 강토가 들여다본 기억과 같았다. 누구도 범접치 못하도록 보좌관들에게 지시를 내린 은재구, 충성 서약서와 대통령의 이행 각서, 그리고 해외 비밀 계좌 서류를 꺼내놓았다.

확인을 마친 강토는 그 자리에서 그것들을 태웠다. 테이블 위에서 한 장 한 장 태웠다. 마지막으로 대통령의 이행 각서에 불이 붙었다. 머리 풀고 올라가는 연기처럼 은재구의 입에서 회한 섞인 한숨이 밀려 나왔다.

"고맙습니다!"

강토는 의미 없는 한마디를 남기고 돌아섰다. 나머지는 은재구가 알아서 할 일이었다.

"이 대표!"

서재를 나설 때 은재구가 불렀다. 강토가 걸음을 멈췄다.

"장철환인가?"

"……"

"이 대표의 마음을 산 사람?"

"그분보다 그분 어머니입니다."

"이혜선 여사?"

"예."

"역시 그렇군."

강토는 거실 쪽으로 나왔다. 서재의 은재구 목소리가 따라 나왔다.

"손자 일은 고마웠네."

"……."

"그건 진심이네."

"별말씀을……."

"손자가 그러더군. 이제 더 못 참고 막 잠이 들려고 하는데 뭔가가 머리를 깨웠다고."

"……."

"그리고 조금씩 힘이 나기 시작했다고."

"……."

"아프고 공포스러운 것도 잊어버리고……."

"……."

"이제 와서 필요 없는 사족이겠지만 이 대표가 입원한 병원에……. 우리 아이 이름으로 꽃이 갔었네."

"……."

"……."

"나중에……."

은재구의 말이 끝나자 강토가 담담하게 말을 받았다.

"아이가 안정되거든… 데려오십시오. 외상 후 스트레스 장애… 도와드릴 수 있습니다. 그리고……."

강토는 조혁모 비서관 앞에서 뒷말을 이었다.

"비서관님께 빚은 좀 갚고 가겠습니다."

"빚?"

은재구의 말을 뒤로하고 덕규에게 지시를 내렸다.

뻐억!

통쾌한 타격음과 함께 조혁모가 무너졌다. 덕규가 아구창을 날려 버린 것이다.

"왜 맞은 줄은 아시겠죠? 생각이 안 나면 화물차를 생각하면 될 겁니다. 이건 치료비로……."

강토는 100만 원짜리 수표 한 장을 그의 손에 쥐어주고 돌아섰다. 치료비조차 모른 척하는 파렴치한이 되고 싶지는 않았다.

"젠장, 운 좋은 줄 아서!"

덕규는 눈을 부라리고 강토 뒤를 따랐다. 문수와 경호원들도 함께였다. 지지자들은 상당수 사라지고 없었다. 일부 남은 사람들은 더 이상 시비를 걸지 않았다. 다만 차가 보이지 않았다. 아니, 보이기는 했다. 그저 온전치 못할 뿐이었다. 차는… 뼈대만 남은 채 박살이 나 있었다. 은재구의 지지자들이 화풀이를 하고 간 모양이었다.

"아, 이런 개새끼들!"

덕규가 핏대를 올렸다.

"괜찮아. 오히려 고마운 일이니까."

강토가 웃었다.

"뭐가 고마워? 남의 차를 뽀작을 내놨는데……."

"이제 그 차도 바꿔야지. 우리가 그 꼴 안 났으니 된 거 아니냐?"

"에헷, 그건 그러네. 그럼 우리도 세단으로 체인지?"

"그러자 기왕이면 벤츠 흰색 세단으로 뽑자고."

"으악, 정말?"

덕규는 좋아 어쩔 줄을 몰랐다.

"우선은 이 차에 타시죠. 대표님을 위해 우리 경호원들이 기꺼이 양보하겠답니다!"

문수가 갓길의 차량 문을 열었다.

"저 친구들은?"

강토의 시선이 경호원들에게 향했다.

"걸어간다고 해도 영광이랍니다. 타시죠."

문수가 거듭 권했다.

"황 부실장, 뭐해?"

문수는 엉거주춤하고 있는 덕규를 불렀다. 그제야 덕규는 운전석으로 뛰었다.

제7장
신의(神醫) 남국선

광풍이 대한민국을 휩쓸고 지나갔다. 국회에서의 강토 검증과 함께 강토의 3당 대표 검증이 발표되자 한반도가 들썩거렸다. 3당 대표 중에서 둘은 사퇴를 천명했다. 함께 검증대에 오른 의원들도 절반 가까이 사퇴를 택했다. 많은 사람들이 거리로 쏟아져 나왔다. 여의도와 광화문 일대는 시민들의 함성으로 물들었다.

　강토네 사무실 앞은 인산인해를 이루었다. 빌딩 입구의 철제 셔터까지 내렸지만 사람들의 방문은 끊이지 않았다. 그 앞길은 꽃다발로 덮여 버렸다. 벽의 공간에는 온통 포스트잇 행

렬이었다.

〈당신이 영웅〉

〈이강토 대표님 만세〉

〈대한민국에 희망을 주었어요〉

〈다른 비리도 쏠어버리세요〉

포스트잇의 문구들은 희망과 감격으로 가득 찼다. 그들을 취재하려는 기자들 또한 연일 강토를 대신해 출근을 했다.

하지만 강토는 그곳에 있지 않았다. 그렇다고 오피스텔에 있는 것도 아니었다. 강토는 으뜸대학병원 뇌 연구소 특별 치료실에 있었다. 차영아가 일하는 대학병원의 부속 연구소였다.

그날, 국회에서의 일대 거사를 마치고 돌아가던 강토, 반석기에 이어 조아인의 전화를 받다가 전화기를 놓쳤다. 무리에 무리를 거듭한 강토, 결국 뇌의 불이 꺼져 버린 것.

덕규는 정말, 사생결단 폭주를 했다. 신호도, 앞 차량도 개의치 않았다. 덕규의 머리에는 오직, 강토를 한시 바삐 차영아에게 넘겨야 한다는 생각뿐이었다. 그렇게, 그렇게 치료실에 들어온 지 나흘이 지난 강토였다. 아직도, 의식은 없었다.

치료실의 복도에 문수와 덕규, 세경이 보였다. 철저하게 출입이 통제된 곳에서 세 사람은 나흘 밤을 새웠다. 강토의 아버지 또한 이틀 밤을 새우고 잠시 자리를 비웠다.

분위기는 침통했다. 차영아와 그를 지도한 뇌 박사까지 나섰지만 강토를 깨우지 못하는 것이다.

둘째 날에는 대통령과 국무총리, 공정위원장 등이 다녀갔다.

"어떻게든 살리세요!"

대통령이 차영아에게 당부했다. 차영아는 비장했지만 강토의 뇌 환경은 그녀의 의학 능력이 넘볼 수 있는 일이 아니었다.

뇌 촬영은 정상으로 나왔다.

뇌 촬영은 비정상으로 나왔다.

이것은 의사에 따라 판단이 엇갈렸다. 다른 사람에 비해 특이 소견을 보이는 강토. 그렇게 보면 비정상이었다. 그러나 그 특이 소견이 암이나 염증처럼 눈에 띄지 않는다는 게 문제였다.

카오스!

강토의 뇌 속은 카오스였다. 그게 가장 정확한 진단이었다. 마치 바다 속에서 엉기고 성긴 그물이라고 할까? 적혈구의 도너츠형 혈구가 여기저기 뭉쳐 있는 듯한 형상. 뭐라고 병명을 지을 수 없는 그 현상이 바로 의사들의 한계를 규정짓고 있었다.

산소를 공급해 보았다.

소용이 없었다.

혈류량을 늘려보았다.

그 또한 소용이 없었다.

차영아는 매번 절망을 느끼며 치료실을 나왔다. 그때마다 머리카락이 한줌씩 빠져나갔다. 그녀는 안타까웠다. 국회에서의 영명한 강토를 똑똑하게 기억하는 그녀였다. 거기가 어딘가? 천하의 기업 회장도, 강건한 현직 검사들도 한 번 불려 가면 개박살이 나서 나오는 곳이었다.

그곳에서!

강토는 혼자 분투했다. 흔들림도 없었다. 그것은 올림픽 금메달이나, 혹은 월드컵 우승과도 바꾸고 싶지 않은 쾌거였던 것이다.

그 결과, 대한민국의 정치 지도가 변했다. 이제 국회는 오히려 청정국회 참여 붐이 일고 있었다. 누구라도 비리 검증을 반대하면 배지를 뗄 각오를 해야 하는 것이다.

"박사님!"

차영아가 나오자 강토 아버지가 다가왔다. 잠시 휴식을 취하고 돌아온 그는 차영아를 바라보았다.

"들어가셔도 되요."

차영아가 대답했다. 무거운 목소리였다.

강토 아버지는 문수 등의 일행과 들어섰다. 치료실 창가에 강토가 보였다. 핏기 하나 없는 하얀 얼굴이었다.

"강토야!"

"대표님!"

"형!"

여러 사람이 강토를 불렀다. 그래도 대답이 없는 강토. 덕규가 먼저 강토의 가슴에 무너졌다. 반가운 얼굴이 찾아와도 말이 없는 강토. 대통령이 와도 일어나지 못하는 강토. 아인은 아무도 몰래 회복의 키스까지 그의 볼에 작렬시켜 주었지만 강토는 여전히 묵묵무답일 뿐이었다.

그들이 침통해 하는 순간, 강토는 정말 카오스 속을 헤매고 있었다. 의식은 엉기고 성긴 그물처럼 꼬여 회복을 막았다. 정체였다. 뇌 안의 모든 것이 혼란과 정체를 이루고 있었다.

누구도 떠오르지 않았다.

무엇도 할 수 없었다.

강토에게 보이는 건 막막한 우주거나, 망망대해일 뿐이었다. 앞으로 가야 하는데 단 한 발도 나가지 않는 것이다. 의식을 휘감은 또 다른 의식들. 두 손도, 두 발도, 심지어 모든 감각기관마저도 강토의 것이 아니었다.

'대표님······.'

문수의 시선이 강토의 얼굴에 닿았다. 언제나 혼자 분투하던 강토였다. 국회 안에서도 혼자였던 강토였다. 문수는 그게 죄책감으로 다가왔다.

차라리 같이 누워 있다면!

그나마 죄책감이라도 덜 수 있을 것 같았다.

"박사님!"

혼자 나온 문수가 차영아를 찾았다. 그녀는 최신 뇌 논문을 뒤지고 있었다.

"우리 대표님… 어떠신가요?"

차영아는 대답하지 않았다. 그저 논문을 찾는 눈이 바빠지고 있을 뿐.

"좋지 않군요?"

"……."

"박사님!"

"그래요. 안 좋아요. 이 대표님, 저대로 두면 그냥 죽을지도 모른다고요!"

별안간, 차영아가 절규를 터트리며 소리쳤다.

"박사님……."

"박사라고 부르지도 말아요. 혼자 그렇게 애를 쓴 이 대표님인데 저렇게 죽어가는 걸 보고 있을 수밖에 없는 주제라고요!"

차영아가 노트북 위로 무너졌다.

"……."

"이 대표님, 저대로 두면 죽어요. 죽는다고요!"

노트북 위에서 가련하게 떨고 있는 차영아의 어깨. 문수도 별수 없이 고개를 떨구었다.

"길창문 박사님은……."

문수가 조심스레 물었다. 주워들은 말이었다. 세계적인 뇌 권위자 길창문. 그가 오면 혹시 방법을 알 수 있을 지도 모른다는…….

"몰라요. 장 고문님과 반 검사님이 애써 찾고 있는데 파악이 안 된대요. 방송국 조아인 앵커도……."

겨우 감정을 추스린 차영아가 고개를 들었다.

"얼마나 버틸 수 있으실까요? 우리 대표님……."

"하루가 위험해요. 뇌 안에 실타래처럼 엉긴 보이지 않는 무엇들……. 그것들이 어떻게 변화하느냐 따라 당장에라도……."

그때 차영아의 전화가 바삐 울렸다.

"여보세요?"

전화를 받던 차영아의 얼굴이 확 굳어버렸다.

"알았어요. 준비할게요. 서둘러 주세요!"

차영아가 전화를 내려놓았다.

"방 실장님, 길 박사님이 수배되었대요!"

"예?"

"전라도의 오지에서 신기가 제대로 내린 무당의 뇌 활동을 연구 중이셨다네요."

차영아의 목소리는 계속 높아졌다.

"그럼 빨리 모셔와야죠?"

"장 고문님이 헬기를 급파했대요. 두 시간 안에 여기로 모셔올 거라네요."

"와우!"

문수가 주먹을 불끈 쥐었다. 그길로 문을 박차고 나간 문수가 낭보를 알렸다.

"와아아아!"

강토 아버지와 덕규, 세경이 무리지어 환호를 울렸다.

"됐어요. 이제 살아나실 거예요."

문수가 강토 아버지의 손을 잡았다.

투타타타타!

헬기가 도착했다. 바람을 가른 헬기는 연구소 마당에 내렸다. 육 비서관이 먼저 내렸다. 그다음에 길창문 박사가 나왔다. 수염이 덥수룩한 그의 안광은 강토에 못지않을 정도였다.

"길 박사님!"

미리 달려온 장철환이 그를 맞았다. 옆에는 반석기와 조아인, 정 간사 등도 보였다. 그들도 길창문의 소재를 찾았다는 낭보를 듣고 단숨에 달려온 참이었다.

"환자부터 보죠."

길창문이 차영아를 바라보았다.

"으음……."

길창문은 강토의 모든 자료를 검토했다. 이상을 느끼고 찍은 사진을 시작으로, 국회에서 검증을 위해 찍은 사진, 그리고 쓰러진 이후에 찍은 사진들까지.

혈액검사와 기타 수반된 검사 자료를 모두 검토한 그의 반응은 깊은 한숨이었다.

"후우!"

배석한 장철환과 반석기, 조아인, 강토 아버지와 문수 등은 숨도 쉬지 못했다. 그의 입에 강토의 운명이 달린 까닭이었다.

"Brain confusion입니다!"

마침내 길 박사의 입이 열렸다.

"그게 뭐죠?"

강토 아버지가 물었다.

"일종의 뇌 혼란 상태죠. 쉽게 말하자면 영적인 능력을 지닌 사람들이 영적 최고 상태에 도달한 상태에서 뇌가 엉클어져 버린……?"

"……?"

"보통 사람이라면 엉클어짐이 심각하지 않으니 정신 질환을 가진 상태로 깨어나지만 이처럼 고도의 초능력을 지닌 사람들은 그 강도 또한 일반인과 달라……."

길창문은 조심스레 남을 말을 이어놓았다.

"영원한 가사 상태로 돌입할 가능성이 큽니다."

"영원한 가사 상태라면?"

이번에는 장철환이 물었다.

"Death!"

"……!"

단 한마디에 배석한 사람들이 전부 뒤집어졌다. 죽는다고?
강토가?

"사진을 보면……."

길창문이 일자별 사진을 하나씩 화면에서 불러냈다.

"이미 전부터 진행되고 있었습니다. 각각의 뇌 부위에 뭔가
안개처럼 서린 이 물질들 보이죠? 일반 뇌 과학에서는 유의하
지 않지만 이게 바로 '신의 입김'이라는 물질입니다."

"신의 입김?"

"초능력자들, 혹은 영험한 무속인이나 수도를 많이 한 종교
인들에게서 드물게 나타나는 건데, 이 물질이 많을수록 자신
의 영적 능력을 과소비했다는 의미가 될 수 있죠. 이 대표의
경우에는… 내가 본 그 어떤 초능력자나 무속인들보다도 이
농도가 진하게 보이고 있습니다."

"그럼 이 안개처럼 서린 것들이?"

차영아가 길창문을 바라보았다.

"여기에 대해서 논문을 썼지만 국제 학회의 인정을 받지 못

했어요. 그러니 뇌에 미친 늙다구리 뇌 과학자의 자기주장으로 폄하해도 괜찮습니다."

"······."

"여기 이 뿌연 부위들은 뉴런과 이온, 수용체 등이 축색과 엉긴 모습입니다. 수상돌기의 혼돈은 축색의 범람으로 이어지고 건너편 시냅스에 연쇄적으로 영향을 미치고 있습니다. 혼돈의 도미노라고 할까요?"

"그럼 어떻게 해야 하나요?"

강토 아버지가 물었다.

"관계가······?"

"이 대표 부친이십니다."

대답은 반석기가 대신했다.

"글쎄요··· 병원에서 이런 말을 하면 역시 미친 놈 취급을 받을 일이라······."

"괜찮습니다. 뭐든지 말해주세요. 산삼이 필요하다면 온 산을 뒤져서라도 찾아내고, 이식 같은 게 필요하다면 무엇이든 떼어드리겠습니다."

강토 아버지는 간절하고 또 간절했다.

"의학적인 조치는··· 차 박사가 제대로 했네요. 이건 더 이상 기대할 수 있는 것이 아니고······."

강토에게 다가선 길창문, 그 얼굴을 보며 혼잣말처럼 중얼거렸다.

"뇌 안에서 굳어가는 저 신의 입김……. 저걸 밀어내야 하는데……."

"박사님!"

"몸 안의 나쁜 기를 뽑아내는 실력자가 있다면 뇌를 대상으로 한 번 시도해볼 수도 있겠습니다만……."

'나쁜 기?'

설명을 듣던 문수의 머리가 바삐 움직이기 시작했다.

시안의 기공사!

그라면 가능할까?

무엇을 해야 강토의 머리를 시원하게 만들 수 있을까? 문수는 필사적으로 머리를 굴렸다. 바로 그때 조아인의 한마디가 힌트가 되어주었다.

"우리 대표님께는 조선 시대 명의 허준이 필요하군요. 그의 신들린 침술이……."

허준?

침?

"으악, 그런 사람이 있어요!"

문수가 덕규처럼 소리쳤다. 길창문을 비롯한 모두가 문수를 바라보았다.

"있다고요, 허준에 버금가는 장침의 달인!"

머리가 시원해졌어!

문수는 또렷이 기억하고 있었다. 강토의 그 한마디. 싱크홀 사고로 무리한 강토가 병원에 있을 때 찾아왔던 황금 장침의 달인 남국선…….

굳어가는 사람도 살려놓는 신기의 장침 달인. 그라면 강토에게 힘이 될 일이었다.

연구소가 분주해졌다. 반석기는 검찰 정보망을 이용해 남국선의 현재 소재를 알아냈다. 그에 대해 알고 있는 강토가 의식이 없기 때문이었다. 그가 있는 산촌의 주소가 나왔다.

다시 헬기가 급파되었다.

투타타타!

나선을 그리며 폭주하는 헬리콥터가 시원하게 보였다.

날아!

더 빨리!

문수는 염원을 모아 날아가는 헬리콥터의 날개를 밀고 또 밀었다.

*   *   *

투타타타!

다시 헬기 소리가 연구소의 하늘을 덮었다. 그때까지도 강타 아버지와 문수 등은 그 자리에 있었다.

―남국선 옹을 찾았습니다!

―지금 헬기 탑승 중입니다!

―서울로 향하고 있습니다!

연락이 들어올 때마다 사람들의 가슴은 조바심과 환호로 뛰었다.

와아아!

와아아!

그 헬기……. 그토록 기다리던 헬기가 문수네 시야에 들어왔다. 그리고, 마침내 착륙장에 앉았다.

"선생님!"

문수가 그를 맞았다. 자다가 날아온 남국선은 집에서 입는 허름한 옷 차림 그대로였다.

"이 대표는?"

그가 물었다.

"이쪽으로요."

차영아가 남국선을 안내했다.

'이 대표……'

강토를 본 남국선의 눈자위가 파르르 떨었다.

"소독약 좀 부탁해요."

차영아를 바라본 남국선이 가방을 열었다. 안에서 가운을 꺼내 입은 그가 오동나무 침통을 열었다. 침이 보였다. 한 뼘 길이의 황금 장침들이었다.

남국선은 진맥부터 짚었다. 그는 노련한 노한의사답게 진지했다. 거듭 진맥을 확인한 그가 호흡을 고르며 명상에 잠겼다. 마음을 다루는 것. 시침을 하기 위한 전초 작업이었다.

이어 장침 하나하나를 정성껏 소독솜으로 닦았다. 그의 행동 한땀한땀에는 대가의 혼이 고스란히 담겨 있었다. 그리고……

드디어 그의 황금 장침이 강토의 살을 뚫고 들어가기 시작했다.

시침은 오래 걸렸다. 첫 침에 이어 마지막 침이 정수리를 뚫고 들어갔을 때는 이미 3시간이 지난 후였다.

"후우!"

남국선은 깊은 한숨을 쉬며 시침을 마쳤다. 몸은 땀으로 다 젖은 후였다.

"여기요!"

옆에 있던 차영아가 수건을 내밀었다. 그녀 역시 3시간을 그와 함께하고 있었다. 혹시라도 도움의 손길이 필요할까 자리를 뜨지 못한 그녀였다.

"좀 쉬세요."

차영아가 말했다. 남국선은 그제야 비틀 자리에서 일어났다.

"선생님!"

남국선이 나오자 기다리던 사람들이 몰려들었다.

"어떻습니까?"

장철환이 물었다. 반석기 역시 궁금하기는 마찬가지였다.

"아직은……."

남국선은 그 말을 남기고 걸어갔다. 그 걸음이 비틀거려 더는 묻지 않았다. 그보다 앞서 달려간 덕규가 휴게실 문을 열었다.

"여기서 쉬시면 됩니다."

남국선에게 쉼터를 알려주었다. 그곳은 의사들이 잠을 청하는 곳. 침대까지 잘 마련되어 있었다.

"푹 쉬시고 우리 형, 꼭 살려주시기 바랍니다."

덕규가 허리를 숙였다. 남국선은 덕규를 바라보고는 고단한 몸을 누였다. 밤이 깊었다. 취침 중에 불려온 노구의 몸이었다. 거기다 혼신을 다한 시침까지 마친 참이었으니 파김치가 되고도 남은 남국선. 자리에 눕기 무섭게 잠이 들고 말았다.

딸깍!

덕규가 불을 꺼주었다.

―우리 형, 꼭 부탁해요.

애타는 비원과 함께.

신새벽, 모두가 졸고 있었다. 문수 역시 마찬가지였다.

꾸벅!

툭 떨어진 턱을 들 때였다. 저만치 걸어오는 하얀 형상이 보였다. 남국선이었다.

"선생님!"

"쉬잇!"

남국선의 손이 입술로 옮겨갔다. 곤히 잠든 사람들을 방해하지 말라는 사인이었다. 한잠 붙이고 일어난 남국선은 다시 치료실 문을 열었다. 안에는 조아인이 있었다.

"선생님!"

남국선을 본 그녀가 자리에서 일어섰다.

"이 대표의 여자요?"

남국선이 물었다.

"저는……"

"걱정 말아요. 이 친구 죽지 않을 테니까."

"예?"

"이렇게 많은 사람들이 사랑하고 있잖습니까? 내 경험인데, 사랑받는 사람은 죽지 않습니다."

"……"

"어디 봅시다. 아직 저승 문턱에서 서성이고 있을 텐데 발길은 돌려놓아야지요. 이렇게 예쁜 처자 옆으로."

남국선은 침을 뽑아내기 시작했다. 길고 긴 침들이 하나씩 밖으로 나왔다. 그걸 보는 아인의 눈이 떨었다. 자신이라면 단 한 대를 맞는 것도 쉽지 않을 것 같았다.

남국선은 침을 소독했다. 반복되는 손길 또한 명인의 혼 그대로였다.

아침이 왔다.

차영아가 들어오자 아인은 자리를 비켜주었다. 남국선은 다시 시침을 시작했다. 어젯밤보다 더 노련한 솜씨였다.

"도와드릴 일은요?"

차영아가 물었다.

"기도나 하시구려."

피식 웃어 보인 남국선은 가까운 의자로 가서 늘어졌다.

그리고 마침내 세 번째 시침, 남국선의 침은 강토의 정수리 주변으로 집중되었다. 어찌 보면 흡사 장침으로 면류관을 씌운 것 같기도 했다.

남국선의 손에는 모두 세 개의 장침이 남았다. 그 하나는 전두엽이 있는 앞 머리를 파고 들어갔다. 또 하나는 두정엽의 뒷머리를 파고 들어갔다. 마지막은 역시 정수리였다. 침의 각도를 잘 계산한 남국선, 딱 손잡이만큼만 남기고 침을 한껏 밀어넣었다.

순간!

"선생님!"

보고 있던 차영아가 소리쳤다. 남국선은 그 이유를 알았다. 강토 때문이었다. 강토의 말단이었다. 손끝이 움직인 것이다. 남국선은 정수리의 침을 잡고 살짝 비틀었다. 그러자, 놀랍게도 강토가 눈을 번쩍 떴다.

"선생님!"

차영아의 소리는 더 높아졌다.

"잠깐만 기다리시오."

남국선이 침을 빼기 시작했다

"이 대표님, 내 말 들려요?"

그사이를 참지 못한 차영아가 물었다. 강토는 천천히 고개를 끄덕였다.

"자, 이제 되었소. 내 할 일은 다 한 것 같으니 남은 일은 이제 차 박사가 맡으시구려."

침을 제거한 남국선이 자리를 내주었다.

"이 대표님……"

차영아는 울먹이는 소리로 강토를 바라보았다.

"여기… 어디죠?"

"우리 대학병원 뇌 연구소예요."

"박사님이 나를 살렸군요."

"아뇨. 저기 남 선생님이요."

차영아가 옆의 남국선을 가리켰다.

"무슨 소리. 나야 바늘 몇 개 꽂은 것밖에 없는데……."

남국선이 하품을 하며 웃었다.

왈칵!

치료실 문이 열렸다. 그 소리가 어찌나 크던지 정신을 놓고 있던 강토 아버지와 문수 등은 심장이 출렁거릴 정도였다.

"깨어났어요. 이 대표님이 깨어났다고요!"

차영아의 낭보가 이어졌다. 기다리던 사람들은 누구 할 것 없이 자리를 박차고 일어섰다.

"지금 뭐라고 하셨나요?"

강토 아버지가 물었다.

"이 대표님 정신이 돌아왔다고요. 남 선생님이 해내셨어요!"

차영아는 감격을 못 이겨 그 자리에서 고개를 떨구었다.

"와아아!"

함성이 복도를 울렸다. 그리고 모두의 발길은 치료실 안으로 폭주해 들어갔다.

"병실에서 저러면 안 되는 거 아니야?"

맨 뒤의 덕규가 중얼거렸다.

"그래서? 넌 안 들어간다고?"

문수가 덕규의 어깨를 후려쳤다.

"누가 그런답니까?"

덕규는 문수를 잡아당기고 자기가 먼저 앞섰다.

"이 대표!"

"강토야!"

장철환과 강토 아버지가 먼저 강토를 맞았다.

"아버지… 장 고문님……."

강토의 입이 열렸다. 느리지만 또렷한 소리였다.

"키힝!"

북받치는 감정을 못 이긴 덕규는 세경의 품에서 눈물을 쏟았다. 아인과 반석기, 정 간사 등도 콧날이 뜨겁기는 마찬가지였다.

"괜찮니?"

강토 아버지가 물었다.

"예… 걱정 많이 하셨어요?"

"아니, 나는 우리 아들이 나 혼자 두고 먼저 엄마 곁으로 가지 않을 거라고 믿었거든."

"아버지……."

"만약 그랬다면 나, 너희 엄마 미워했을 거야. 데려가려면 내가 먼저지."

"아버지……."

아버지의 손이 강토의 이마를 쓸고 갔다. 엉망이 된 머리카락을 쓸어준 것이다. 옆의 아인은 물수건으로 강토의 얼굴과 목을 닦아주었다. 시원했다.

"고마워요."

"됐거든요. 그나마 깨어나서 봐주는 줄 알아요."

아인이 볼멘소리로 응수했다.

"조 앵커님, 뉴스만 끝나면 달려와서 대표님 간호했어요."

옆의 세경이 아인의 수고를 전한다. 아인은 참았던 눈물을 감추기 위해 창 쪽으로 돌아섰다.

"대통령께서도 다녀가셨네. 이 대표가 깨어나면 바로 연락하라고 하셨어."

장철환이 강토를 바라보았다.

"저 때문에 많은 사람이 고생했군요?"

"정확히 말하면 아우님 때문에 더 많은 사람이 행복해 하고 있지."

뒷줄에 있던 반석기였다.

"형님!"

강토가 손을 내밀었다.

"이거 손에다 수갑이라도 채워놔야겠어. 그래야 저승이건 어디건 못 달아나지."

"형님은……"

"자자, 면회 끝났으면 다들 나가주세요. 환자는 안정이 필요

합니다.”

차영아가 문을 가리켰다. 일동은 마지못해 발길을 돌렸다. 그때 차영아의 손이 아인을 잡았다.

“조 앵커님은 잠깐 환자 좀 지켜봐주세요. 내가 준비할 약이 있어서요.”

탁!

문이 닫혔다. 안에는 강토와 아인만 남았다.

“……”

“……”

두 개의 침묵이 허공에서 만나자 둘이 어색하게 웃었다.

“강토 씨!”

“네?”

“키스해도 돼요?”

“네?”

“아까 반 검사님이 그랬잖아요? 수갑이라도 채워놔야겠다고… 나도 강토 씨처럼 유명한 사람, 죽기 전에 키스로 도장이라도 찍어놓으려고요.”

“아인 씨……”

강토의 허락이 떨어지기도 전에 아인의 입술이 다가왔다.

“……”

강토, 몸 안에 화사한 봄날이 들어온 것 같았다. 아인은 그

봄을 강토의 입안으로 아련하게 밀어넣었다. 몸 안에 불이 붙었다. 미토콘드리아가 발전기를 돌리고 심장은 모세혈관의 말단까지 펌프질을 해댔다.

"강토 씨."

"네?"

"내가 도장 찍었으니까 내 거예요."

"예?"

"내 허락 없이 죽지 말라는 거예요."

"네……."

"쳇, 키스는 나중에 내 마음 독심해 주면 의뢰비 대신 주려고 했던 건데……."

"으음… 그러고 보니 아플 만한데요? 이렇게 미인의 키스도 받고……."

"그래서요? 또 아파서 다른 미인 키스 받으려고요"

"아뇨. 아인 씨 정도면 충분해요."

"강토 씨!"

아인이 안겨왔다. 강토는 그녀의 품에서 그녀의 향을 맡았다. 좋았다. 다시 까무러치고 싶을 정도로 좋았다. 아인이 웃었다. 그 모습이 너무나 사랑스러워 강토도 웃었다.

나흘 후 강토는 퇴원을 했다. 그 아침까지도 남국선은 황금 장침 시침을 잊지 않았다. 신의(神醫) 남국선. 그는 새 이름을 얻었고 강토는 완전한 정상으로 돌아왔다.

그러나 핸디캡을 들게 되었다.

〈무리는 절대 금지!〉

그건 차영아와 길창문 박사가 이구동성으로 한 말이었다. 그 증거로 MRI 사진을 보여주었다. 강토의 한계치가 거기 있었다.

매직 뉴런!

이제 보니 휴식기가 필요한 모양이었다. 그걸 무시하고 시크릿 메즈를 구사하면 과부하가 걸린다. 그 과부하가 한계치를 넘으면 강토 뇌에 이상이 온다. 바로 '카오스'였다. 뉴런의 시냅스가 꼬이며 정상 작동을 하지 못하게 되는 것이다.

그렇게 엉긴 기운은 뇌 사진 안에 회색의 느낌으로 남았다. 그것들의 색이 조금 더 진하게 발전했다면 남국선 명의의 황금 장침으로도 해결할 수 없는 결과를 초래했을 일이었다.

'하긴……'

강토는 수긍했다. 매직 뉴런의 한계를 모르던 강토, 그 사실을 모르고 무한 진격해 왔던 것이다. 돌아보면 알 수 있는 일이었다. 많은 사람에게 매직 뉴런을 사용한 날이 그랬다. 작게는 피로감부터 크게는 의식을 잃는 날까지 있지 않았던가?

마지막 침을 제거하는 남국선에게 큰절을 올렸다. 진정에서 우러난 일이었다. 어차피 돈을 받을 것도 아닌 남국선이었다. 그러기에 절로써 마음을 전한 것이다.

퇴원하는 자리에 김무혁이 왔다. 다른 의원들도 함께였다. 이성표와 마고 아줌마도 있었다. 다들 밝은 표정이지만 문수만은 조금 어두워 보였다.

"무슨 일 있어?"

강토가 슬쩍 물었다.

"그게……."

문수는 똥 마려운 강아지처럼 어쩔 줄을 몰라 했다.

"뭔데?"

"의뢰 때문에요. 밀리고 밀렸는데 대표님 몸을 생각하면 말을 할 수도 없고……."

"김무혁 의원님 방북?"

"그건 장 고문님이 알아서 조율해 주셨는데……."

"더 급한 게 있군?"

"도노반 쪽 말입니다. 대표님에게 신경 쓰느라 정신이 없어 체크를 못 했는데 답을 줘야 할 날이 코앞으로……."

"뭐라고 했지?"

"유럽과 시리아 일이라고 했으니 둘 중 하나부터 시작할 가능성이 큽니다."

"유럽과 시리아?"

"역시 거절하는 게 좋을까요?"

"아니, 수락해!"

강토의 목소리는 또렷했다.

*   *   *

이틀은 쉬었다.

문수의 결단(?)이었다. 덕규조차 옆에 두지 않았다. 덕규는 졸지에 휴가를 누렸다. 고향 앞으로 2박의 휴가가 주어진 것이다.

그럼 이틀 동안 강토에게는 누가 붙어 있었을까? 문수는 알고 있었다. 강토의 오피스텔에 연 이틀 찾아온 손님. 다름 아닌 아인이었다.

아인은 아침저녁으로 들렀다. 아침에는 출근하면서 식사를 가져왔고 저녁에는 뉴스가 끝난 후에 가면서 들렀다.

물론 뭘 가져왔는지, 둘 사이에 무슨 썸이 이루어졌는지는 알지 못했다. 상상도 하지 않았다. 그건 주군에 대한 발칙한 불충이었다.

일주일간의 병원 생활 중에도 국회는 분주했다. 검증 위원회가 설치되고 검증의 방법과 수위를 정하는 위원회를 만들었다. 일부 의원들은 이미 사퇴를 천명했다. 작금의 사태에 환

멸을 느낀다는 게 이유였으나 사실은 비리 검증이 두려운 사람들이었다.

그사이에 김무혁이 뜨고 있었다. 국회 검증장에서 일어난 이야기들은 결국 언론을 타고 흘러나갔다. 그 안에 모인 의원만 해도 300여 명에 가까웠다. 거기에 경위와 검증 의원들이 있었다. 누구의 입을 통해 새어나간 건지 알 수도 없는 일이었다.

—나부터 검증하라!

김무혁의 한마디는 인터넷에서 유행어가 되었다. 그 말은 응용 버전으로 수없는 변화를 했고 마침내 개그맨들의 소재로도 방송을 탔다.

대통령감!

김무혁 대망론도 솔솔 흘러나왔다. 기자들이 몰려가 쉴 새 없이 인터뷰를 해댔다.

"당 대표가 되면 당을 어떻게 운영하실 겁니까?"

"침체에 빠진 당을 어떻게 살릴 계획입니까?"

"공천권을 쥐면 어떤 기준으로 공천할 겁니까?"

여러 질문들 앞에 그가 내놓은 말은 한마디였다.

"우리 당은 누가 당권을 잡든 비리 검증을 통과한 후보만 공천해야 할 것입니다!"

그 말은 빅 히트를 쳤다. 결국 야당들도 그 길을 가는 수밖에 없었다. 자칫하다간 비리를 옹호하는 당으로 찍힐 우려가 생긴 것이다.

문수 앞의 서류가 쌓여갔다. 3당에서 보내온 강토에 대한 러브콜이었다. 이제 3당의 사활은 강토에게 달려 있었다. 어느 당이건 강토를 모셔가 공천 심사 위원에 앉히면 국민의 신뢰를 받을 판이었다. 그것은 곧 총선의 승리를 의미하고 나아가 그 너머에 도사린 대선의 승리를 예약하는 일이기도 했다.

'역시 김무혁 의원님.'

서류를 넘기던 문수가 웃었다. 그는 새날당의 비상 대책 위원장으로써 당의 입장을 전해왔다. 강토와의 인연을 내세우지 않았다. 기득권을 주장하지도 않았다. 그가 내세운 건 엄정한 기준일 뿐이었다. 문수는 그게 마음에 들었다. 어쩌면 강토도 마음에 들어 할 것 같았다.

이틀 후!

강토가 사무실로 출근하던 날, 문수와 세경은 꽃다발로 강토를 맞았다. 사외 근무를 하던 경호원과 조사직 직원들도 나와 인사를 했다. 사무실이 꽉 차는 느낌이었다.

"오늘 스케줄 가져와."

회의 테이블에 앉은 강토가 문수를 재촉했다.

"대표님……."

"덕분에 몸이 근질근질하거든. 그리고 빨리 말하고 싶어서 안달인 업무가 쌓인 거 다 알아."

"설마 뇌파 쓰신 거 아니죠?"

"절대. 이제 함부로 안 쓸 거라고."

"그러셔야죠."

문수는 미소와 함께 서류를 내밀었다.

〈부동산 재벌 중풍 사건〉

〈도노반의 유럽 출장 건〉

오늘의 스케줄은 두 건의 상담이었다.

"재벌 중풍 사건?"

강토가 물었다.

"오시라고 전화할까요?"

"상담할 사람이 이미 와 있는 거 아니야?"

문수의 스타일을 아는 강토가 볼멘소리를 냈다.

"아닙니다. 이제는 대표님이 무리하시 않게 대표님 지시를 받은 다음에만······."

"모셔!"

강토가 시원하게 말했다. 문수의 주특기를 죽일 생각은 전혀 없는 강토였다.

"안녕하세요?"

30여 분쯤 후에 달려온 사람은 중년의 운전기사였다. 귀밑머리가 희끗한 남자는 인상이 선량해 보였다.

"저하고 상의할 일이 있으시다고요?"

강토가 기사를 바라보았다.

"실은 제가 너무 억울한 일을 당해서요."

시작도 하기 전부터 기사의 목소리가 메이고 있었다. 이 사람, 대체 무슨 사연을 가지고 온 걸까.

"제 직업은 회장님 운전기사입니다. 같은 분을 22년째 모시고 있지요."

물 한 잔을 받아 마신 기사가 천천히 입을 열기 시작했다.

기사는 억울했다.

회장 때문이었다.

최근에 일어난 일이었다. 기사는 젊은 날부터 회장을 수행했다. 비가 오나 눈이 오나 변함이 없었다. 어떤 때는 홍수를 만나 차가 떠내려가면서 죽을 뻔한 적도 있었고 또 어떤 때는 산골에서 폭설에 갇혀 사흘을 굶은 적도 있었다.

회장은 부동산의 귀재였다. 어디든 매물이 나오면 달려가 직접 체크를 했다. 그렇게 사들인 땅으로 재미를 보아 서울에 빌딩도 몇 개 세웠다.

그렇다고 짠돌이도 아니었다. 생사고락을 같이한 기사의 고마움을 알아 보너스를 두둑이 안겨주었다. 아파트로 재미를 봤을 때는 작은 평형 하나도 넘겨주었다. 기사는 그게 고마웠다. 그래서 더욱 각별하게 회장을 모셨다.

그러다 최근에 사고가 생겼다. 회장이 중풍으로 쓰러진 것이다. 급작스레 쓰러진 회장은 말을 하지 못했다. 굴지의 병원으로 옮겨 목숨은 구했지만 심각한 장애는 수습하지 못했다.

수천억 대 부동산 재벌의 급작스러운 비보. 그 의심의 화살이 기사에게 넘어왔다. 기사가 그 직전에 해준 보약 때문이었다. 가족들은 부동산을 가로채기 위한 기사의 테러로 의심하고 있었다.

그 의심은 어느 정도 신빙성이 있었다. 회장은 기사를 수족으로 부렸다. 어떤 계약은 기사를 보내 체결하기도 했다. 그렇기에 가족들보다 회장의 부동산에 대해 더 잘 아는 기사였다. 마음만 먹으면 자그마한 매물 몇 개는 빼돌릴 수도 있다고 오해를 한 것이다.

집에서 가료를 받는 회장이었다. 여기저기서 소곤대는 회장 가족의 소리는 기사 귀에 들어올 수밖에 없었다.

―절대 아님!

기사는 항변조차 할 수 없었다. 오해의 시선은 느껴지지만 그렇다고 대놓고 말하는 것도 아니었다. 그런 차에 자기가 나서서 항변을 하면 오히려 제 발 저린 도둑으로 몰릴 수도 있었다.

기사는 그렇게 살 수 없었다. 그렇다고 회장이 쓰러진 바에 사표를 낼 수도 없었다. 고민 끝에 강토의 컨설팅에 전화를 걸게 되었다. 그것만으로도 큰 결심이 필요했다. 국무위원과 국회의원들, 나아가 반달전자 같은 굴지의 기업 의뢰를 받는 강토가 자기 같은 사람의 개인사를 받아줄까 걱정했던 것이다.

"그러니까 저보고 검증을 해달라 이거로군요?"

"예. 저는 절대로 아니거든요. 제 전 재산을 다 들여서라도 의심에서 벗어나고 싶습니다. 내가 회장님 재산을 노리다니… 천벌을 받을 일입니다."

"알겠습니다. 제가 어떻게 해드릴까요?"

"그 자식들 보는 앞에서 저를 검증해 주세요. 그래서 제가 그런 마음으로 보약을 드린 게 아니라는 것만 밝혀주시면 원이 없겠습니다."

"……."

그사이에 강토는 매직 뉴런을 살짝 밀어넣었다. 황금 장침의 시침을 받고 나서 두 번째였다. 첫 번째는 연습이었다. 혹시라도 매직 뉴런에 이상이 있나 체크해 보았던 것. 문제는 없었다.

〈보약〉

그 재료는 기사의 해마에서 나왔다. 천마였다. 회장이 가족들과 쉬는 날, 혼자 산행을 하며 캐온 것이었다. 이따금 손발이 저리다던 회장. 평생 자신을 믿어주고 챙겨준 회장을 위해 뭔가를 하고 싶었다. 그때 떠오른 게 천마였다. 사촌 아재가 약초 동아리에 있어 가끔 한두 뿌리 얻어먹었던 기사. 아재를 따라 산에 가서 천마를 캤던 것이다.

이제는 천마도 아주 귀중한 약재. 그럼에도 그 자신은 하나도 맛보지 않고 회장을 위해 보약으로 다려주었다.

—보약은 나눠먹으면 효과가 없는 법.

기사는 어릴 때 주위들은 그 말을 어기지 않았다.

"고마워. 그거 먹으니까 손발 저린 게 많이 나은 거 같아."

회장이 봉투 하나를 건네주었다. 기사, 그것만은 한사코 받지 않았다. 그건 정말 회장을 위한 자기의 마음이기 때문이었다.

사고는 그로부터 이틀 후에 났다. 새로 나온 매물을 둘러보던 회장이 돌연 뒷목을 잡고 쓰러진 것.

기사는 정말 결백했다.

"회장님 댁이 어디죠?"

매직 뉴런을 회수한 강토가 물었다.

"수유리 쪽입니다."

"지금 가면 그 가족들이 집에 있나요?"

"사모님이 계시고… 딸들도 요즘은 회장님 곁에 붙어사시니……."

"그럼 가시죠."

"지, 지금요?"

기사가 고개를 들었다.

"제가 곧 바빠질 거거든요. 지금이 아니면 시간이 없을 지도 모릅니다."

"아이고, 이런 고마울 데가……."

기사는 벌떡 일어나 허리를 조아렸다.

"대표님!"

기사를 따라나서는 강토를 문수가 바라보았다. 걱정 어린 시선이었다.

"걱정 마. 무리하지 않을 테니까."

강토는 문수를 안심시키고 밖으로 나왔다.

하늘을 보며 머리를 저어보았다. 이상은 없었다.

'고맙습니다. 황금 장침의 남 선생님!'

강토는 신의 남국선에 대한 감사를 잊지 않았다. 후유증조차 없이 말끔한 것이다.

생각에 잠긴 강토 앞으로 흰색 벤츠 세단이 천천히 굴러왔다. 덕규가 나와 문을 열어주었다. 아침에 이미 시승을 했던 차. 박살 난 차를 대신에 문수가 구입한 업무용이었다. 물론 강토가 찍어준 그 모델이었다.

"……?"

수유리 부동산 회장의 집. 기사의 말을 들은 회장 가족들 눈이 휘둥그레졌다. 강토 때문이었다. 그 유명한 뇌파 검증전문가. 그가 등장한 것이다.

가족들은 기사의 말에 당황하는 기색이 역력했다. 나는 억

울하다. 그걸 밝히기 위해 이 대표를 모셔왔다. 그러니 기회를 달라.

잠시 동요하던 가족들은 기사의 제안을 받아들였다. 그들도 한편으로 궁금했기 때문이었다. 가족 앞에서 잠시 형식적인 독심 자세를 취한 강토. 그 결과를 가족들에게 알려주었다.

"이분은 결백합니다."

강토의 선언에 가족들은 일언반구 이의를 제기하지 못했다. 온 국민이 신뢰하는 뇌파 전문가이기 때문이었다.

"죄송하지만 회장님 좀 뵐 수 있을까요?"

검증을 통보한 강토가 고개를 들자 의기소침한 가족들이 반색을 했다. 중풍 역시 뇌와 관련이 있는 것이니 뇌파 전문가인 강토가 도움이 될까 기대하는 눈치였다.

"여깁니다!"

큰딸이 회장 방을 안내해·주었다. 안에는 전담 간호사가 있었다.

"이분 아세요? 뇌파 검증 전문가 이강토 대표님이세요."

큰딸의 목소리에는 기대감이 묻어 있었다. 강토는 간호사의 인사를 받으며 회장에게 다가섰다. 회장은 눈을 뜨고 있었다. 강토를 보자 손을 들려하지만 마음대로 되지 않았다. 발음 또한 짧은 한 음절이 고작이었다.

강토는 시크릿 메즈를 썼다. 중풍이라면 뇌혈관이 문제였다. 매직 뉴런의 눈을 빌어 상황을 탐색했다. 말을 못하니 언어중추, 손의 움직임이 둔하니 운동중추를 살폈다.

'그렇군.'

이내 이상이 있는 혈관이 나왔다. 아직도 대미지가 보이는 혈관. 그쪽 두 혈관이 막혀 쓰러진 회장. 병원에서 응급수술로 혈관을 뚫어놓았다. 하지만 두 개의 중추는 이미 대미지를 입은 후였다.

다음으로 기사에 대한 기억을 몇 개 열어보았다.

인간은 상대적이다. 기사의 판단이 회장의 판단과 같다고는 보장할 수 없다. 누군가에게 좋은 것이 그 상대방에게는 불쾌할 수도 있었다.

'으음······.'

기사의 말은 사실이었다. 회장은 기사를 전적으로 신뢰하고 있었다. 어쩌면 자기 친동생처럼 여기는 것이다.

강토는 다시 손상 부위로 돌아왔다.

'둘 중 하나라도······.'

강토는 언어중추부터 겨누었다. 다행히 회장의 병변은 오래되지 않은 상황. 혹시라도 운이 좋다면 언어중추를 깨울 수도 있는 일이었다.

'부탁해!'

강토가 매직 뉴런들에게 명령을 내렸다. 매직 뉴런들은 일제히 언어중추로 몰려들었다. 그리고 스파인을 최대 능력치까지 부풀렸다. 그 뒤로 빽빽하게 도열한 게 성상교세포였다. 둘은 촘촘한 신경망과 화학작용을 타고 언어중추를 자극했다.

한 번…….

두 번…….

성상교세포와 매직 뉴런이 에너지를 집합시키자 언어중추가 살짝 경련하는 게 보였다. 그 또한 두 번이었다.

'Off!'

강토는 최대치의 에너지에서 뉴런의 힘을 쫙 빼버렸다. 회장의 머리가 툭 떨어지는 게 보였다. 그 틈을 타서 매직 뉴런의 에너지를 단숨에 최대치로 올려 버렸다. 이어 운동중추를 자극할 때였다.

"황 기사……."

거기서 회장의 입이 열렸다. 충격요법의 성공이었다.

"회장님!"

기사가 눈물을 쏟으며 달려들었다.

"엄마, 아빠가 말을 해요!"

옆에 있던 큰딸이 소리쳤다.

"어떻게 된 거죠?"

간호사가 강토를 바라보았다.

"뇌파 자극을 좀 줘봤는데 다행히 효과가 있네요. 뭔가 좋은 약재의 성분이 보이는데 그게 제 뇌파랑 시너지를 일으켜 도움이 된 거 같습니다."

"약재라면 황 기사님?"

큰딸의 시선이 기사에게 옮겨갔다.

"황 기사……."

회장은 거듭 기사를 불렀다. 기사가 다가서자 회장이 손을 내밀었다. 기사가 그 손을 잡았다. 회장은 띄엄띄엄 말을 이어 놓았다.

"다들… 왜 그래? 내가 정신이 없어도 다 들었는데 황 기사가 무슨 해코지를 한다고? 황 기사는 그럴 사람 아니야. 이 친구가 해준 천마로 몸이 좋아졌기에 망정이지 그거 아니었으면 나 영영 못 일어났을 거라고."

힘겹게 말을 쏟아놓는 회장. 그 배려에 기사는 그만 눈물을 터뜨리고 말았다.

"죄송해요. 저희들 좁은 소견에……."

가족들은 기사에게 사과의 말을 전했다.

"아무튼 잘 되었네요. 회장님은 말을 찾았고 손발도 움직이시니 차츰 회복될 것 같습니다. 저는 이만 가도 되겠죠?"

강토가 물었다.

"저기… 이거……."

큰딸이 봉투부터 내밀었다.

"이 돈의 임자는 기사님일 거 같습니다. 천마를 먹이지 않았으면 제 뇌파로도 될 일이 아니었으니 기사님에게 줘도 되겠죠?"

강토는 봉투를 기사에게 건네주었다.

"이 대표님……."

봉투를 받아들고 울먹이는 기사.

"착한 마음에 복이 내린 거예요. 그런 줄 알고 받아두세요."

"이렇게 고마울 데가……."

울먹이는 기사를 뒤로 하고 돌아섰다. 회복 후의 첫 의뢰치고는 썩 괜찮은 일이었다.

'역시 사람은 일은 해야 한다니까.'

강토는 가뜬한 마음으로 덕규가 열어준 세단에 올랐다.

부릉!

시동 걸리는 소리도 상큼했다.

『시크릿 메즈』 8권에 계속…

초대형 24시 만화방

신간 100%, 샤워실, 흡연실, 수면실(침대석), 커플석, 세탁기 완비

■ 시흥 정왕25시점 ■

경기 시흥시 정왕동 1742-13 미스터피자 건물 5층
031) 319-5629

■ 강북 노원역점 ■

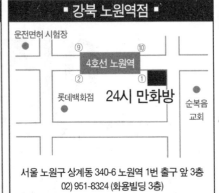

서울 노원구 상계동 340-6 노원역 1번 출구 앞 3층
02) 951-8324 (화용빌딩 3층)

■ 일산 정발산역점 ■

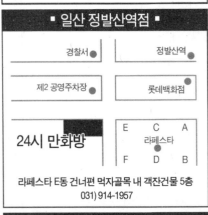

라페스타 E동 건너편 먹자골목 내 객잔건물 5층
031) 914-1957

■ 일산 화정역점 ■

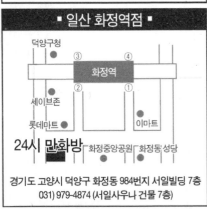

경기도 고양시 덕양구 화정동 984번지 서일빌딩 7층
031) 979-4874 (서일사우나 건물 7층)

■ 부천 역곡역점 ■

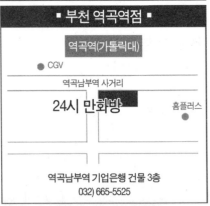

역곡남부역 기업은행 건물 3층
032) 665-5525

■ 부평역점 ■

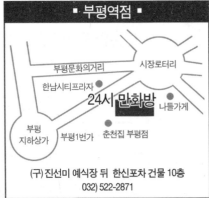

(구) 진선미 예식장 뒤 한신포차 건물 10층
032) 522-2871

미러클
테이머

인기영 장편소설

FUSION FANTASTIC STORY

MIRACLE
TAMER

이계로 떨어져 최강, 최고의 테이머가 되었다.
그러나… 남은 것은 지독한 배신뿐.

배신의 끝에서 루아진은 고향, 지구로 되돌아오게 되는데……
몬스터가 출몰하기 시작한 지구!
그리고 몬스터를 길들일 수 있는 테이머 루아진!
그 둘의 조합은……?

『미러클 테이머』

바야흐로 시작되는
테이머 루아진과 몬스터들의 알콩달콩한
대파괴의 서사시!!

Book Publishing CHUNGEORAM

FUSION FANTASTIC STORY

텀블러 장편소설

현대 천마록

천하를 호령하고, 전 무림을 통합한
일월신교의 교주 천하랑.
사람들은 그를 천마, 혹은 혈마대제라고 불렀다.

『현대 천마록』

무공의 끝은 불로불사가 되는 것이라 생각했지만
그로서도 자연의 섭리 앞에선 어쩔 수 없었다!

'그렇게 많은 피를 흘렸음에도 불구하고
죽을 때가 되니 남는 것이 없군그래.'

거듭된 고련 끝에 천하랑의 영혼이
존재하지 않게 된 그 순간
그의 영혼은 현세에서 천마로서 눈을 뜬다!

Book Publishing CHUNGEORAM

유행이 아닌 자유추구 -
WWW.chungeoram.com

十字星

십자성

허담 新무협 판타지 소설
FANTASTIC ORIENTAL HEROES

전왕의 검

신력을 타고났으나 그것은 축복이 아닌 저주였다.

『십자성 - 전왕의 검』

남과 다르기에 계속된 도망자의 삶.
거듭된 도망의 끝은 북방 이민족의 땅이었다.
야만자의 땅에서 적풍은 마침내 검을 드는데……!

"다시는 숨어 살지 않겠다!"

쫓기지 않고 군림하리라!
절대마지 십자성을 거느린
적풍의 압도적인 무림행이 시작된다!

GRAND SLAM

FUSION FANTASTIC STORY

자미손 장편소설

그랜드슬램

2016년의 대미를 장식할 최고의 스포츠 소설!!

Career record : 984W 26L
Career titles : 95
Highest ranking : No.1(387weeks)
Grand Slam Singles results : 23W
Paralympic medal record : Singles Gold(2012, 2016)

약 십 년여를 세계 최고로 군림한 천재 테니스 선수.
경기 내내 그의 몸을 지탱하고 있는 것은…… 휠체어였다.

『그랜드슬램』

휠체어 테니스계의 신, 이영석(32).
그는 정상의 자리에서도 끝없는 갈망에 사로잡혀 있었다.

"걷고 싶다, 뛰고 싶다. …날고 싶다!!"

뛸 수 없던 천재 테니스 선수
그에게, 날개가 달렸다!!!

Book Publishing CHUNGEORAM

유행이 아닌 자유추구 -
WWW. chungeoram.com

GAME BALL

게임볼 설경구 장편 소설

FUSION FANTASTIC STORY

무명의 야구인이었던 남자,
우진이 펼치는 야구 감독으로서의 화려한 일대기!

『게임볼』

"이 멤버로 우승을 시키라고?"

가상 야구 게임,
게임볼을 통해 인생 역전을 꿈꾸는

한 남자의 뜨거운 행보에 주목하라!

Book Publishing CHUNGEORAM

유행이 아닌 자유추구 -
WWW.chungeoram.com

투신 강태산

박선우 장편소설

FUSION FANTASTIC STORY

무림을 휩쓸던 '야차(夜叉)'가 돌아왔다.

『투신 강태산』

여행사 다니는 따뜻한 하숙생 오빠이자
국가위기 특수대응팀 '청룡'의 수장.
그리고 종합격투기계를 휩쓸어 버린 절대강자.
전 세계를 무대로 펼쳐지는 투신 강태산의 현대 종횡기!!

"나는, 나와 대한민국의 적을, 철저하게 부숴 버릴 것이다."

서러웠던 대한민국은 잊어라!
국민을 사랑하는 대통령과 절대강자 투신이 만들어 나가는
새로운 대한민국이 펼쳐진다!!

Book Publishing CHUNGEORAM

FUSION
FANTASTIC
STORY

Miracle Direction

서산화 장편소설

기적의 연출

천재 영화감독, 스크린 속 세상을 창조하다!

『기적의 연출』

대문호 신명일과 미모로 손꼽히던 여배우 김희수의 아들 신지호.

일가족은 불운한 사고로 인해 크나큰 비극을 겪는다.

이 사고로 섬광 기억(Flashbulb memory)이라는 능력을 얻게 된 그 순간!

그의 모든 게 달라졌다.

"배우의 혼을 이끌어내고, 관중의 영혼을 붙잡아야 합니다.

그게 제 목표입니다."

완전한 감독을 꿈꾸는 신지호.

이제 그의 영화가, 세상을 홀린다!

Book Publishing CHUNGEORAM

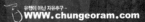

유행이 아닌 자유추구 -
WWW.chungeoram.com